오늘도 울지 않고 살아낸 너에게

오늘도 울지 않고 살아낸 너에게

초판1쇄 발행 2016년 6월 27일
초판2쇄 발행 2016년 8월 8일

지은이 장재열
그린이 소윤정

펴낸이 김재룡
펴낸곳 도서출판 슬로래빗

출판등록 2014년 7월 15일 제25100-2014-000043호
주소 (139-806) 서울시 노원구 동일로183길 34, 1504호
전화 02-6224-6779
팩스 02-6442-0859
e-mail slowrabbitco@naver.com
블로그 http://slowrabbitco.blog.me
포스트 post.naver.com/slowrabbitco
인스타그램 instagram.com/slowrabbitco

기획 강보경 **편집** 김가인 **디자인** 변영은 miyo_b@naver.com

값 13,800원
ISBN 979-11-86494-17-2 03800

「이 도서의 국립중앙도서관 출판시도서목록(CIP)은 서지정보유통지원시스템 홈페이지(http://seoji.nl.go.kr)와 국가자료공동목록시스템(http://www.nl.go.kr/kolisnet)에서 이용하실 수 있습니다. (CIP제어번호: CIP2016014136)」

• 슬로래빗은 독자 여러분의 다양하고 참신한 원고를 항상 기다리고 있습니다.
보내실 곳 slowrabbitco@naver.com

오늘도 울지 않고 살아낸 너에게

글 장재열 | 그림 소윤정

슬로래빗

프롤로그

하루의 끝자락에서 건네는 한마디

그런 날이 있습니다. 고민이 있는데, 그래서 힘들고 모든 게 다 사라지면 좋겠는데 그렇다고 어설픈 위로를 받는 건 더 거지 같은 날. '괜찮아, 잘 될 거야.'라는 말이 듣기 싫은 날.

그런데 가끔, 상담하다가 나도 모르게 그 말을 아무렇지 않게 내뱉고는 깜짝 놀라곤 합니다. 그리고 생각합니다. '지금 이 순간, 오늘 밤의 어둠과 슬픔 그리고 괴로움 앞에 이런 무책임한 말이 무슨 힘이 될까.'라고요. 스스로 자괴감에 빠지곤 했지요. 약장수 같은 기분이었달까, 뭔가 솔직하지 않게 가짜 포옹을 해주는 느낌이랄까….

세상은 열심히만 산다고 다 잘되는 아름다운 곳도 아니고, 언젠가 반드시 행복이 찾아온다고 보장해줄 수도 없는데, 나도 다 살아보지 못한 삶이라는 숙제를 다 풀어본 사람처럼 말하는 내 모습에 실망하곤 했어요. 그리고 한참을 고민했지요.

'나 잘하고 있는 걸까? 이대로 괜찮을까?'

하지만 스스로에게조차 '괜찮아, 잘 될 거야.'라고 습관적으로 되뇌는 모습을 깨달은 어느 날, 내 안의 또 다른 자아가 소리를 '빼액' 질렀어요.

'알겠어. 알겠는데 지금 나 힘들다고. 미래형으로 무엇 무엇이 될 것이다, 따위의 예언자 같은 말, 제발 말하지 말라고! 사실은 너도 모르잖아! 하나도 힘이 되지 않는다고!'

아마도 그 외침은 위로에 지쳐버린 자기혐오 같은 것이었을지도 몰라요. 이 책은 그렇게 치열했던 자기 고민의 시간이 남긴 흔적입니다. '내가 고민을 들어줄게. 너희에게 답을 줄게. 해결책을 고민해보자.'라고 말하는 당당한 상담가, 왕언니의 모습을 벗어던지고, 그냥 사라져버리고 싶은 날이 있다고 그저 담담히 말하는 것으로 충분하지 않을까 하는 생각 말이에요.

그럴 때 있지 않나요? 누군가가 '네 기분 잘 알아. 나도 지금 그렇거든.' 하거나 '나도 요즘 참 고민이 많아.'라고 말해주면, 그 고백이 오히려 어떤 위로보다 더 큰 위안이 될 때. 괜찮다는 말 대신에 자기도 그렇다는 말에 '모두가 그렇게 사는구나.'라는 생각이 들면서 딱딱했던 가슴 한편이 말랑해지는 역설적인 기분이 들기도 하니까요.

그런 마음으로 나와 똑 닮은 청춘들에게 건네고 싶었어요. 위에서 내려다보며 보내주는 위로가 아니라, 마음에 닿지 않는 격려가 아니라, 그냥 나도 오늘 하루 이렇게 살아가고 있다는 독백 같은 편지를요. '원대한 꿈, 가슴 뛰는 일, 먼 미래'는 차치하고 이 치열한 세상 속에서 그저 오늘 하루, 무사히 살아낸 것만으로도, 울지 않고 버틴 것만으로도 우리는 힘껏 살아낸 것 아닐까?'라고 반문하고 싶었어요.

이 책, 여러분께 들려드릴 이야기들은 지난 1년간 퇴근길, 좁은 골목길 앞에서 썼던 하루짜리 고뇌가 담긴 작은 일상의 기록들이자 나 자신에게 쓰는 편지입니다. 수많은 사람의 이야기를 들어주지만 정작 내 얘기를 들어줄 사람이 없는 나에게 건네주는, 작은 차돌멩이 같은 자존감의 알갱이들입니다.

멋진 문장도 아니고, 인생의 진리나 철학이 들어있는 것도 아니지만, 스스로에게 진심으로 건넨 '애썼다. 그래도 잘했다.'라는 소박한 흔적을 나와 같은 모습으로 오늘을 살아가는 여러분께도 전하고 싶었어요. 그리고 말해주고 싶었어요. 어쩌면 오늘 하루를 이 악물고 잘 보내왔다는 건, 생각보다 꽤 대단한 일이라고요. 적어도 오늘 밤에 편안히 잠자리에 누울 자격 정도는 있다고요.

부디 이 글이 여러분의 지친 하루를 마무리하는 마지막 순간에 전해졌으면 좋겠습니다. 울면서 잠들지는 않도록, 마음속에 작은 '대일밴드' 하나 정도의 감촉이 전해지도록 말이에요. 오늘도 울지 않고 살아낸, 내일도 울지 않고 살아갈 위대한 보통사람인 당신의 하루 끝자락에 이 책을 바칩니다.

좀 놀아본 언니, 장재열로부터

차례

PART 2 단 하루도 인생이야

PART 3 그럼에도 살아갈 이유가 있다

PART 4 앞으로도 너답게 살아

PART 1

달라지지 않지만 끝나지도 않는다

달라지지 않지만
끝나지도 않는다

그런 날이 있어. 몸 둘 곳 없이 흔들리는 날, 그래서 어디로든 떠나고 싶은 날. 어제저녁이 그랬어. 무작정 용산역으로 가서 남원 가는 기차를 탔어.

아무도 없는 평일 밤의 기차간, 열 평 남짓한 그 공간엔 덜컹이는 소리, 덜컹이는 시선, 그리고 덜컹이는 삼십 대의 나.

나는 이제 어리지 않아. 여행 한 번이 내 인생을, 내 마음을 완전히 바꿔줄 거라 기대하지도 않아. 여행이 끝나면 조용히 돌아가겠지. 원래 있던 자리로.

그래서 더 쉽게 떠날 수 있었나 봐. 일탈의 끝에서 그렇게 일상으로 돌아가는 관성의 법칙이 내게 말해주니까.

내 인생의 주인은 나라는 거.

이렇게 무작정 떠나도 아무 문제 없다는 거.

마음 내키는 대로 살아도 난, 여전히 나라는 거.

삶이 달라지지는 않지만
끝나지도 않는다는 거.

굿바이, 이천만 원

나, 얼마 전에 엄청난 경험을 했어. 연봉이 이천만 원 적은 새 직장을 구했거든. 직장인이라면 알 거야. 이백만 원도 아니고 이천만 원이 줄어드는 건 미치지 않고서야 불가능하다는 것.

나의 첫 직장은, 이름만 대면 누구나 아는 패션 회사였어. 여대생이라면 한 번쯤은 꿈꿔볼 만한 그런 곳. 그런데 말이야, 고액의 연봉 계약서에 사인을 하고 돌아와서 엄청나게 울었지 뭐야.

왜 그랬는진 지금도 잘 모르겠어. 그냥 하염없이 슬펐어. 아무나 함부로 만질 수 없는 큰돈 앞에서 나는 왜 기쁨 대신, 자랑스러움 대신 억울하고 서럽고 암담한 마음이 들었던 걸까. 아름다운 빛깔의 족쇄일 뿐임을, 어렴풋이 느꼈던 걸지도 몰라.

지금 나는 그 직장 바로 옆 작은 건물에 있어. 직원이 달랑 다섯 명뿐인 NGO에. 이곳에 오기로 했을 때 문득 겁이 났어. 나, 너무 세상을 모르는 거 아닐까? 싶었지.

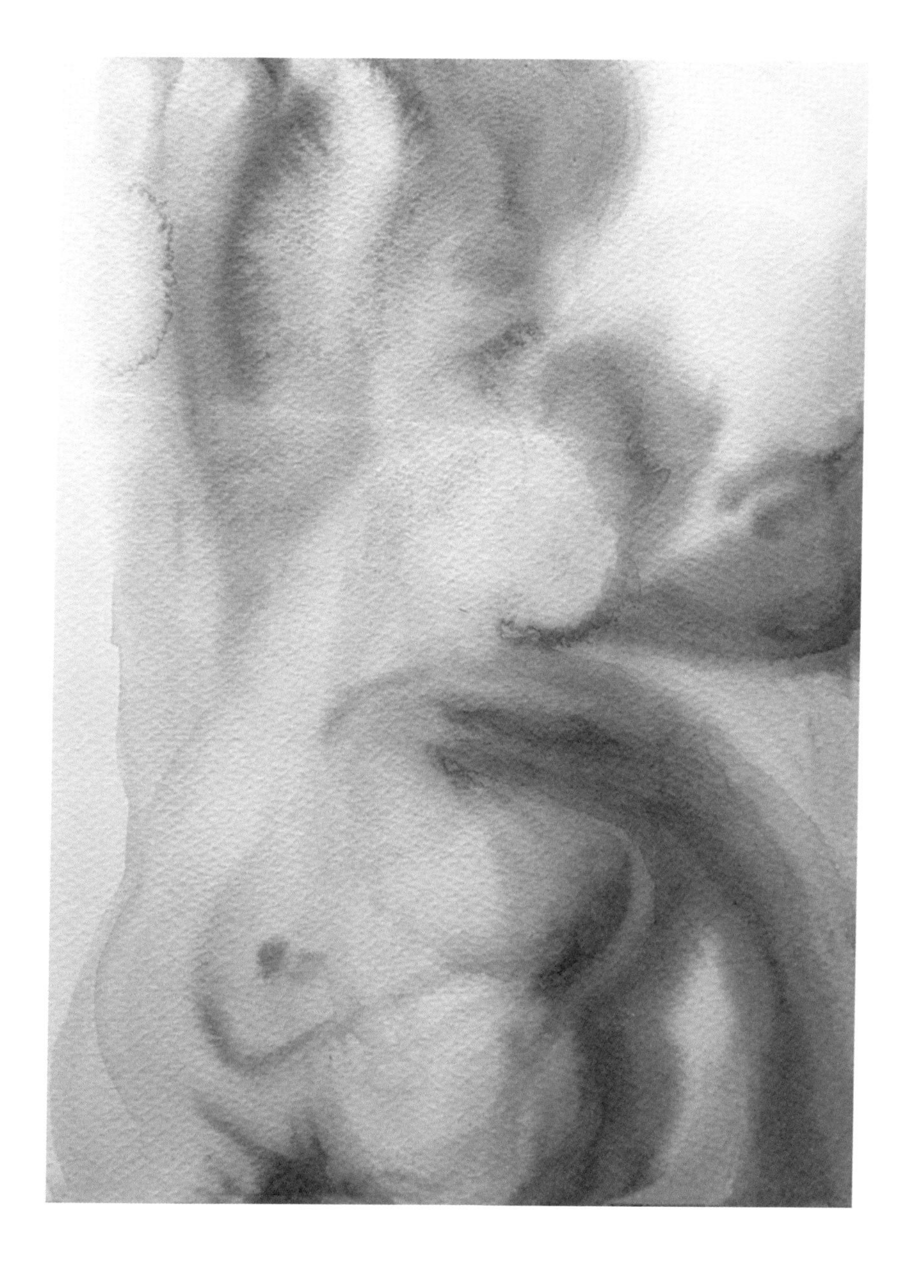

그런데 전 직장의 계약직, 아니 고졸 사원보다도 연봉이 낮은 계약서를 보는 그 순간 이상하게도 피식 웃음이 나오더라.

'이젠 와인 대신 소주를 먹겠구나. 스테이크 대신 대패삼겹살을 먹겠구나. 파스타 대신 칼국수를 먹어야겠구나.'

그런데 그게 정말 내 모습 같더라. 나는 그렇게 이천만 원을, 내 몫이 아니었던 그 돈을 허공으로 날려 보냈어.

집으로 돌아와서 나…, 예전처럼 울지는 않았어. 울기는커녕 거울을 보고 말했어.

"굿바이, 이천만 원."
"헬로우, 세상의 시선에서 자유로워진 나."

얇은 결들이 켜켜이 쌓여서

엄마손파이 기억해? 어릴 때 내가 가장 좋아했던 과자였어. 그 과자가 처음 나왔을 때의 광고를 나는 아직도 잊지 못해. 개그맨이 나와서 '360겹? 370겹?' 하며 파이의 겹을 하나하나 세다가 기절하는, 지금 생각해봐도 참 유치한 광고야.

그렇게 유치하다고 비웃으면서도 엄마손파이를 처음 먹어본 날 내가 했던 일은 광고에서처럼 한 겹 한 겹 떼서 대체 이놈의 과자는 몇 겹인가 세어보는 거였어. 그리고서는 한 겹은 얼마나 얇은지, 한 겹만 먹으면 어떤 맛인지 시험해봤지.

정말 궁금했거든.

파이 몇 개를 부스러뜨리고 부스러기 흘린다고 엄마한테 꿀밤도 맞으면서 간신히 한 겹을 떼어내서는 입에 넣었어.

무슨 맛이었을 것 같아?

웬걸? 아무 맛도 안 나더라. 정말 아무런 맛도 나지 않았어. 한 개를 통째로 먹었을 때의 바삭한 식감도, 달콤한 맛도 없는 그냥 기름종이였지 뭐야.

어른이 된 어느 날, 집으로 돌아가는 어둑한 전철 안에서 참 유치했던 그때를 떠올리다가 생각했어.

'어쩌면 하루라는 건 엄마손파이의 한 겹처럼 아무 맛도, 아무 느낌도 없는 게 정상일지도 몰라. 하지만 그 얇은 결들이 산산이 흩어지지만 않는다면 결국 켜켜이 모여서 무언가라도 만들어갈 거야. 바삭한 청춘이든, 달콤한 청춘이든.'

그래서 가끔 하루의 소중함을 잊을 때 파이 한 겹의 의미 없는 맛을 떠올려.

이 하루도 겹겹이 쌓여야 맛을 알 거라고.
그러니까 그냥 살아가면 되는 거라고.

가슴으로 먹는 반찬

"언제 퇴근하니?"

수화기 너머로 쩍쩍 갈라진 엄마의 목소리가 들렸어. 하도 전화를 받지 않아서 잠도 못 자고 계속 기다렸다더라.

"택배 여덟 시쯤 배달 갔을 텐데. 너 퇴근 시간에 맞춰서. 깻잎 장아찌랑 열무김치랑 삼겹살 좀 보냈어. 현관에 뒀대. 얼른 집에 가서 냉장고에 집어넣어."

"엄마 나 퇴근 못 해. 아직."

"어쩌니. 그거 얼음팩 다 녹았을 텐데. 음식 상할 텐데."

"아, 그러니까 전화 좀 하고 보내지. 왜 그렇게 막 보내, 진짜."

짜증 끝에 수화기를 내려놓고는 한참을 찜찜했어. 썩으면 어쩌나 하는 걱정에, 일을 서둘러 마치고 집으로 달려갔어.

택배 박스를 열었더니 그새 반찬이 부글부글 끓기 시작하더라. 추리고 추려서 냉장고를 열었는데, 냉장고 안은 손도 안 대본 반찬 썩는 냄새로 가히 지옥이었지.

지난달에도, 그 지난달에도, 설에도 가져온 반찬들이 내 손길 한번 못 받은 채 웅크리고 있었어.

"왜 자꾸 보내는 거야, 진짜…."

자꾸만 쌓여가는 반찬을 보며 한없이 심란했어. 또 그렇게 그냥 넣어두면 더 속상할 것 같아서 11시 45분에 햇반을 데워 열무김치와 한입 가득 욱여넣고 생각했어.

'오늘 겨우 한 점 먹고 냉장고에 들어가면 결국엔 썩어버리겠지.'

엄마가 보내주는 정성이 매번 썩어들어가는 미안함. 제대로 밥 한번 차려 먹지 못할 정도로 바쁜 일상의 허무함. 그걸 다 알면서도 보내는 엄마의 그 짠한 마음. 조각조각의 감정들이 밥알에 뒤섞여 꾸역꾸역 들어갔어. 목이 막힐 듯한 먹먹함을 참으며 잠든 엄마에게 문자를 보냈어.

"엄마. 하나도 안 상했어. 정말 맛있어. 정말."

다음 달에도, 그다음 달에도 고스란히 썩게 될 반찬이 올라오겠지만, 어쩌면 한 입도 못 먹고 버리겠지만, 그럼에도 불구하고 보내지 말라고 할 수 없었이.

냉장고 한구석에 웅크리고 있어도
그저 거기 있는 것만으로
엄마의 분신처럼 나를 지켜주고
살아갈 힘이 되어주기 때문에.
그 사실을 알기 때문에.

떠나간 인연의 자리는 새로운 인연이 들어올 자리

오랜만에 대학 동기들의 안부가 궁금해졌어. 핸드폰 주소록을 하나하나 살펴보니 당최 누군질 모르겠는 사람이 한 트럭이 넘더라. 핸드폰을 처음 산 후로 단 한 번도 정리하지 않았으니 당연하지. 이참에 정리해야겠다 생각하고 천여 명도 넘는 사람들을 천천히 훑어 내려갔어.

10년 전에 과외를 해주던 중학생, 6년 전에 좋아죽던 옛 연인, 전 회사에서 나를 지독히 괴롭히던 선배놈….

이름을 보면 웃음이 나는 사람도, 혈압이 오르는 사람도 있었지만 그보다 더 많은 건 아예 기억이 안 나는 사람들이었어.

하나씩 연락처를 삭제하던 나를 멈추게 한 건, 스무 살 무렵에 추억이 멎은 옛 친구의 이름이었어. 재수생 시절, 예민하고 까칠한 내 성격을 엄마처럼 받아주던 단짝 친구. 미술학원이 끝나면 떡볶이집, 햄버거집, 팥빙수집을 돌며 삼시 세끼, 아니 네 끼 다섯 끼를 먹던, 친구라기보다는 식구였던 아이.

친구는 그해 입시로 바로 대학에 갔고, 나는 삼수생이 되었어. 조금씩 사이가 멀어지는 게 어쩌면 당연한 일인데, 스무 살 어린 내게는 낯선 감정이었어. 어떻게든 연락하고 만나다가 그마저도 시들해진 스물넷 어느 날, 수화기 너머의 친구는 우울증에 걸렸다며 더 이상은 연락할 힘이 없다는 말을 끝으로 인연을 놓아버렸어.

깊은 사이라고 믿으며 모든 비밀을 얘기하고 나누었던 그 애. 평생 친구가 될 거라 생각했던 그 친구는, 내 삶에서 그렇게 증발했지.

시간이 한참 흐른 뒤에, 이제는 잘 살고 있다는 얘기를 한 다리 건너 들었을 때 진심으로 다행이라 생각했지만, 다시 만날 겨를 없이 삼십 대가 되었어.

새로이 누군갈 만나는 것도, 가까이 있던 사람이 떠나가는 것도 익숙해지는 나이, 내가 맺는 모든 인연이 평생 움켜쥐어지지는 않음을 필연적으로 알게 되는 나이가 내게도 오더라.

그래도 마냥 슬프지만은 않아. 지난 세월이 다시 돌아오지 않아도 내 삶이고, 내 시간이었듯 떠나간 이들이 이제 내 곁에 없어도 함께하는 동안 행복했으니까. 평생을 움켜쥐고 있지 않아도 내 인생 한 페이지에 남아있으니 소중하고 고마우니까, 괜찮아.

그리고 그 빈자리에는
앞으로의 페이지를 새롭게 써나갈 새로운 인연이
조금씩 나에게 다가오고 있다는 것을
이제 나는 아니까.

이십 대를 함께한 마당에게 보내는 편지

나 있지. 내일 이사해. 내가 살던 집은 나보다 나이가 훨씬 많은, 낡고 작은 이층집이야. 무려 7년을 살아왔던 집이지. 갓 스물을 넘긴 여동생과 어린 두 몸을 뉘일 곳을 찾다가 구한 집. 돈이 넉넉지 않아서 정말 어렵사리 구했던 이 낡은 집에 처음 발을 들여놓았던 날, 얼마나 소스라쳤었는지 몰라.

어른 엉덩이만큼 뻥 뚫린 천장에서 갈색 물이 뚝뚝 떨어지질 않나, 수도관은 이틀에 한 번꼴로 얼어 터져버리질 않나. 무엇보다 나를 섬뜩하게 했던 건 마당이었어. 아스팔트가 쩍 갈라진 한 평 남짓한 작은 마당은 꼭 묘지 입구 같더라.

첫인상은 '어떻게 살지? 이게 집인가?' 싶었는데 그래도 시간이 흐르니, 사람이 살 만한 모습으로 변했어. 그동안에 우리도 세상모르고 뛰놀던 대학생에서 직장인으로, 이십 대에서 삼십 대로 참 많이 변해왔지.

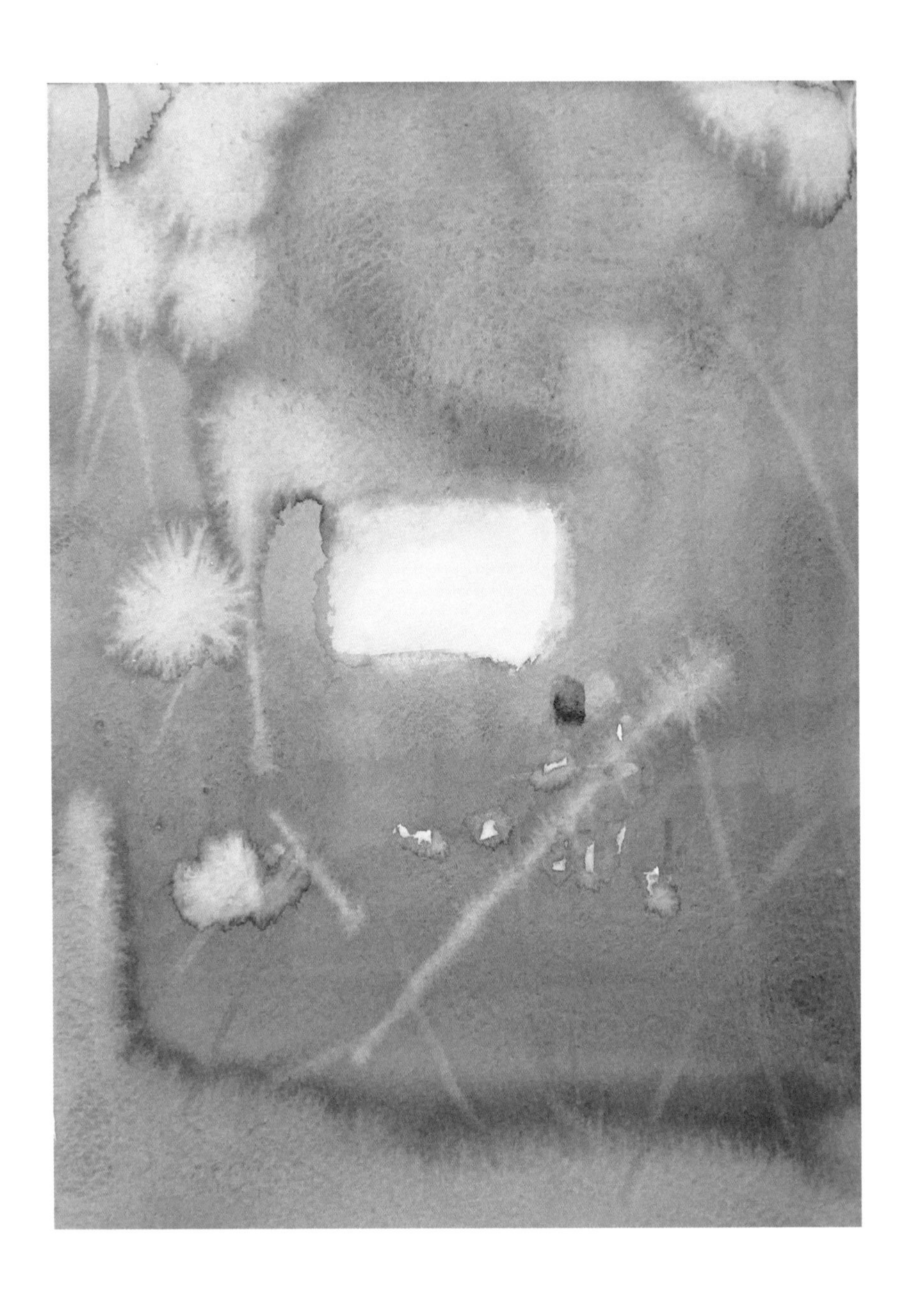

집안 곳곳을 둘러보며 짧은 눈인사를 건네다가 마지막으로 마당에 선 순간, 왈칵 눈물이 나왔어. 묘지 같다고 생각했던 작고 을씨년스러운 마당에서 나도 모르게 참 많은 추억을 쌓았더라.

설레던 첫 연애, 첫 키스에 콩닥거리는 마음으로 서성였던 곳. 실연 후 학교도 안 가고 엉엉 울며 소주를 병째 마시다 윗집 아줌마와 눈이 마주쳐 후다닥 숨어버렸던 곳. 백수가 되어 밤마다 한숨을, 깊은 답답함을 이겨내던 곳. 내 이십 대가 고스란히 살아 숨 쉬었던 그곳.

이제 매일 만날 수 없지만,
너는 날 기억 못 할지도 모르겠지만
네가 나의 웃음을, 눈물을, 한숨을 그저 가만히 들어주었듯
나도 그런 사람이 될게.
고마워, 낡은 마당아.

산뜻한 로맨스 같은 삶이 되기를

드디어 이사를 무사히 마쳤어. 아직은 옷이며 책이며 정리할 게 산더미지만. 아직은 '우리 집'이란 말도, 공기와 냄새마저도 낯설어. 게다가 말이야, 마당도 없고 집은 더 좁아졌어.

어릴 때는 집은 무조건 평수로 좋다 나쁘다를 생각했던 거 같아. 그땐 채광도, 습기도, 구조도 잘 모르니까 넓기만 하면 그야말로 '짱'이었지. 그러다가 나이가 들면서 조금씩 알아가게 되잖니.

'빛이 잘 들어야 빨래가 마르는구나.', '반지하는 이런 문제가 있구나.', '쿵쿵거려도 아랫층 눈치 볼 것 없는 1층이 좋다.'거나 '부엌이 넓어야 편하다.' 같은 것들.

나라는 사람이 어떻게 사는지, 내 삶에서 중요한 가치는 무엇인지 알게 되면서 비로소 보이는 것들 말이야.

그래서일까. 이 집과의 만남이 삼십 대의 연애 같단 생각을 했어.
키 크거나 멋들어지지 않아도 점점 나를 알아가기에 선택하게 된 인연 있잖아.

마지막 짐을 들여놓으며 기도했어. 몸매가 죽여주지도 않고 눈에 띄는 외모도 아니지만 그럼에도 매일매일 작은 기쁨을 안겨주는 순둥이 연인 같은 집이 되어주기를.

새집과 함께할 나날들이 나에게
소소한 로맨스 같기를.

이루어지는 꿈이란

오늘도 숱하게 상처받은 아이들을 만났어. 성공한 사람들은 그들에게 말했지. 간절히 원하면 온 우주가 나를 돕는다고, 가슴이 뛰는 곳으로 가야 한다고. 그 아이들도 그렇게 간절히 꿈꿨지만, 이루어지지 않는 현실에 절망하고 자책하고 있었어.

누군가에겐 꿈이 현실이 되는데 왜 나는 멀어지기만 하는지 도저히 모르겠다는 그들에게 말했어.

"꿈을 한번 머릿속으로 그려봐. '그림'으로 생생히 그려진다면 그 꿈은 반드시 이루어져. 하지만 '텍스트'로 떠오른다면 이루어지지 않을 수도 있어."

무슨 소리냐고?

'미래상'과 '희망 사항'의 차이를 알려주고 싶었어. 자아에 내재화된 염원은 '형상'으로 그려지게 마련이거든.

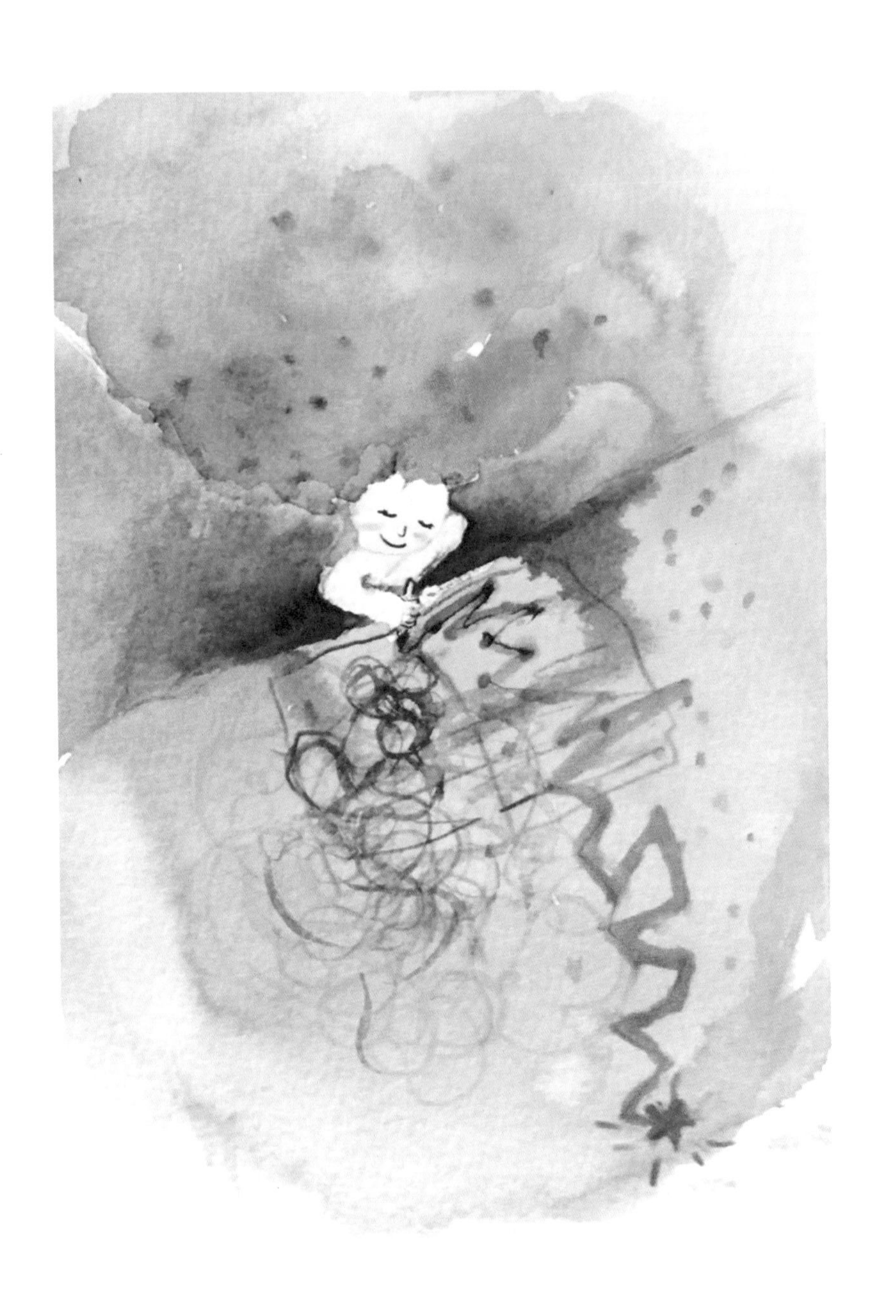

나쁜 일도 마찬가지야. 정말 자살하고 싶은 사람은 막연히 죽고 싶다는 생각보다는 구체적인 이미지를 그린다고 해. '여기서 떨어지면 저기쯤이겠구나.'라고 말이야. 무의식이 먼저 알고 있는 거지.

혹시 너도, 꿈에 다가가지 못해 마음이 답답하다면 다시 한 번 너의 꿈을 머릿속에 그려봐.

자, 이제 다시 한 번 물어볼게.

네가 마음속에 품고 있는 그것은
'미래상'일까? '희망 사항'일까?

오늘만큼은
아무도 떠나지 않기를

오늘은 4월 1일, 만우절이야. 직장인이 되고 나선 만우절이 무슨 대수겠어? 월초니까 월간 회의하는 날, 그 이상도 이하도 아니지. 예전엔 참 두근두근했었는데…, 그렇지? 어떻게 거짓말을 해볼까, 담임을 어떻게 놀라게 해볼까 친구들과 머리를 맞대기도 하고, 오히려 역공을 당하기도 하고 말이야.

만우절 추억 중에서 가장 기억에 남는 것 하나만 꼽으라면 언제야? 나는 2003년의 만우절이야. 그날은 영원한 오빠, 장국영이 세상을 떠난 날이야. 내 또래라면 기억할지도 모르겠다.

오후 늦게였던가? 택시를 탔는데 기사 아저씨가 뒤를 돌아보며 무심하게 말하더라.

"장국영이 죽었대요. 장국영! 장국영 알죠?"

듣자마자 속으로 얼마나 욕을 했는지 몰라.

'아무리 만우절이어도 그렇지, 장난이 심한 거 아니야? 허, 참….'

때마침 라디오에서 익숙한 노래가 흘러나왔어. 장국영이 주연한 영화, 〈패왕별희〉의 OST였어. 기사 아저씨가 이 노래만 오늘 몇 번째냐며 채널을 돌렸는데, 다른 채널에서도 역시 장국영의 〈해피투게더〉 OST가 흘러나오더라.

서서히 얼굴이 뜨거워졌어. 장국영 팬도 아니고 그가 나온 영화라곤 두세 편 본 게 다였어. 그런데도 믿을 수 없었어. 아니, 믿고 싶지가 않았어. 그 아름다운 사람이, 그 부유한 탑스타가, 모두의 사랑을 받는 그 사람이 죽었다고? 그것도 자살? 왜? 왜? 도무지 이해할 수 없었거든.

그가 나왔던 영화 음악이 밤거리를 한가득 메우고서야 비로소 그의 죽음이 실감 났어. 내 어린 시절의 낭만, 추억의 아주 작은 일부분이 툭! 마른 각질처럼 떨어져 나갔다는 것을.

그가 떠났어도 내 삶이 달라진 건 하나도 없었어. 골수 팬이 아니고서야 다들 나처럼 그랬겠지. 그냥 만우절에 죽어서 더 놀라웠던 거라고, 그냥 그런 거라고 생각했어.

그리고 13년이 지난 오늘, 무심코 들었던 라디오 방송에서 디제이들이 그 사람, 장국영을 이야기하고 있었어. 아… 그렇게 시간이 흘렀는데도 사람들은 여전히 그를 기억하고 있구나. 여전히 거짓말이길 바라고 있구나.

누군가 이렇게 말했어. 장국영은 누구보다 사랑에 목마른 사람이었다고, 그래서 절대 잊혀지지 않는 날에 떠난 것일지도 모르겠다고. 정말, 그럴지도 모르겠어. 너무도 오래, 잊혀지지 않으니까.

그래서 나, 오늘 아침엔 조금 엉뚱한 기도를 했어. 오늘만큼은, 적어도 오늘 하루만큼은 아무도 세상을 떠나지 않게 해달라고.

떠난 사람의 빈자리가 너무 오래,
거짓말처럼 기억될 오늘만큼은
아무도 상처받지 않았으면 좋겠다고.

내려서 걸으면 되잖아

열두 시간이 넘도록 늘어지게 자다가 오후 늦게야 일어났어. 핸드폰만 보다 하루가 다 지나갈 거 같아서 자전거를 끌고 나왔지. 이사한 지가 꽤 되었는데 자전거로는 처음 돌아봤어. 예전 살던 곳은 평지에, 자전거 도로도 잘되어 있어서 자주 탔는데, 이곳은 워낙 가파른 언덕길이어서 타볼 엄두를 못 냈거든.

출발하자마자 10분 남짓을 페달도 밟지 않고 시원하게 내려갔어. 그 시원함 속에서 든 생각은 뭔 줄 알아? '아, 좋다?' '시원하고 경쾌하다?' 아니. 전혀. '돌아올 때 이 오르막길을 어쩌지?'

스무 살 무렵 함께 자전거를 타던 단짝 친구가 이 동네에 살았어. 그 애 자전거엔 모터가 달려서, 힘들이지 않고 오르막길을 올라갔거든. 그 모습이 이상해서 그러면 운동이 되냐고 하면 친구는 항상 답했어.

"너는 우리 동네 안 살아봐서 몰라."

그런데 내가 지금 그 동네에 살고 있는 거지.

'나도 모터를 사서 달아야 하나? 모터는 얼마나 하지? 근데 그걸 달면 오토바이랑 뭐가 다르지? 자전거를 왜 타지? 운동은 되나?'

이런저런 딴생각을 하다 보니, 한 바퀴를 다 돌고 오르막에 다다랐어. 콧바람을 힝! 넣고 꾸역꾸역 밟아서 올라갔지. 허벅지가 정말 터지다 못해 폭발할 거 같은 기분이더라. 낑낑대면서 밟고 밟다가 도저히 안 되겠길래 끌고 걸어갔어. 다 합해서 한 3분쯤이나 되려나? 생각보다 금방 집에 도착했지.

난간에 자전거를 주차하는데 이상했어. 어딜 다녀왔는지, 어떤 풍경을 봤는지 도통 생각나지 않는 거야. 자전거를 타는 한 시간 동안 온통 모터 생각뿐이었으니 당연했지.

걱정할 오르막은 단 3분, 57분을 즐겁게 타고 3분만 걸으면 되는 거였는데, 오지도 않은 그 순간을 걱정하느라 57분간의 풍경과 소리, 냄새를 하나도 느끼지 못했던 거야.

미련하게도.

어쩌면 나는 삶도 그렇게 살고 있었던 건 아닐까.
곁에 있는 풍경도, 사람도 눈에 담지 못한 채 그렇게.

우리 엄마,
오금숙 여사

오늘은 너무 아팠어. 감기에 걸려 콧물은 나이아가라 폭포처럼 흘러내리고 몸살까지 겹쳐 아침에 죽을 맛이더군. 무려 20분이나 지각을 했다니까.

여느 때보다 힘든 출근길에 엄마 소식이 궁금해지더라.

'어젯밤에 엄마도 아프댔는데, 병원은 갔을까? 가고 있을까?'

카카오톡을 켜서 '엄마'를 찾다가 엄마에게 카카오톡을 처음 깔아드렸을 때 생각이 났어. 엄마의 연락처엔 죄다 엄마, 엄마, 엄마뿐이었어.

'중앙여고 은지 엄마, 주공아파트 미선 엄마, 쌍둥이 엄마….'

2016년, 지금은 은지도, 미선이도, 쌍둥이도 서울로 부산으로, 대학가며 시집가며 다 떠나갔고, 엄마들의 우정도 이젠 20년은 족히 넘었을 텐데 왜 아직도 누구누구 엄마로 남아있을까.

Especially for you

아…, 우리 엄마도 그녀들에겐 '누구 엄마'이겠구나. 이름으로 저장한 사람은 몇이나 될까. 다섯은 될까. 엄마는, 1년에 몇 번쯤 자기 이름을 말할 수 있을까?

병원에서 말고, 은행에서 말고,
택배 보낼 때 말고,
몇 번이나 자기 이름을 들을 수 있을까….
엄마들의 이름은 어디로 갔을까.

괜스레 코끝이 찡해져서 카카오톡에 적힌 그 이름 '엄마' 곁에 몇 글자 더 넣었어. 엄마는 언제까지나 내 엄마지만, 그럼에도 또 한 명의 소중한 인생임을 잊지 않기 위해서.

'우리 엄마 - 오금숙 여사'

세상의 기대를 받으며 변화해가는 사람

오랜만에 멘토링을 하러 중학교에 갔어. 아이들과 함께 단어카드로 문장 만들기를 해봤지. 단어는 모두 네 장.

사람, 세상, 변화, 기대.

수십 번을 했던 거라 무슨 말이 나올지 나는 알고 있었어.

'세상이 변화하길 기대하는 사람'이라고 만든 아이도 있었고, '세상과 사람들이 변화하길 기대함'이라고 만든 아이도 있었지. 둘 다 예상을 벗어나지 않는 문장이었지. 다른 아이들도 별다를 건 없었어. 그런데 딱 한 아이만 이런 문장을 만들었어.

세상의 기대를 받으며
변화해가는 사람

너도 한번 만들어볼래?

8등에게 보내는 한 표

난 가요 오디션 프로그램 광팬이야. Top10이 결정되면 만사를 제쳐 놓고 본방송을 챙겨 봐. 그중 K팝스타는 시즌마다 응원하는 팀에 문자 투표를 하고 있는데 1~2주만 하고 나면 투표할 일이 없어져. 내가 밀었던 팀은 우승은커녕 경연에서 금세 사라지거든. 항상 8등, 아니면 9등이더라고. 어쩜 그리 8, 9등만 골라서 응원하는지, 내가 다 신기할 정도였어.

그런데 Top10을 보면 특징이 묘하게 나눠지더라. 1등에서 3등까지는 실력도 끼도 팬도 있고, 4, 5등은 가창력은 매우 좋지만 팬이 적고, 6, 7등은 가창력은 그저 그래도 개성이 강하고, 10등은 비주류 장르를 부른다거나 외모가 준수한데도 묘하게 팬을 못 모으더라고.

내가 미는 8, 9등은 어떤 캐릭터냐고? 노래를 꽤 잘하지만 소름 돋을 정도는 아니지. 연습벌레야. 성실하지. 하지만 끼가 없거나 개성이 없어.

그래서 방송 회차마다 비중 있게 다뤄지는 우승 후보들과는 달리 Top10인데도 통째로 편집되기도 하는 그런 아이들이야. 우승은 할 수 없다는 걸, 어쩌면 스스로도 알고 있을지 몰라.

누구나 "오늘이 마지막 무대로 생각하고 최선을 다할게요."라 하지만 그 말이 겸손이 아닌 진심일 수밖에 없는 아이들. 슬프게도 그 무대가 정말로 마지막이 되곤 하지만, 나 역시도 그렇게 되리라 예상하고 있었지만, 그럼에도 나는 그들에게 오늘도 내 한표를 보냈어.

끼를 타고나지 못했어도 최선을 다하는 그들, 우리의 모습과 똑 닮은 그들을 지지하고 응원하는 사람이 이 세상 어디엔가 있다고, 꼭 그 말을 해주고 싶었거든.

그리고 언젠가는
그들에게도 빛나는 무대가
반드시 기다릴 거라고.

이어폰을 빼고서야 들리는 것들

몇 년 동안, 바로 얼마 전까지도 지하철에 타면 꼭 이어폰을 꽂고 있었어. 사람들 틈에 꽉 끼어서 가는 괴로움에 시끄러운 소리까지 더해지니 머리가 지끈거리더라고.

그런데, 어느 날 알게 됐어. 이어폰을 껴도 머리 아픈 건 변하지 않는다는 걸. 잡음을 듣기 싫어서 음악을 켰는데, 음악마저 잡음이 되는 느낌이랄까. 게다가 음악에 애써 집중하다 보면 내릴 곳을 놓치기 일쑤였어.

그래서 그냥, 이어폰을 빼내고 소음의 한가운데에 나를 둬봤어. 사실 한동안은 괴로웠는데 말이야. 그 틈바구니에서 감성에 젖어보겠다고 성시경 노래를 애써 듣는 것보다, 어떻게든 기분을 '업'시켜보겠다고 용쓰며 페퍼톤스를 듣는 것보다, 2호선의 사람들, 그 잡음을 듣고 있는 게 훨씬 편안해지더라.

어느 순간이 되니까 '잡음'이 아니라 '이야기'가 들리더라고.

갓 사귀기 시작한 고딩 커플의 염장, 밥 없으면 짜장면 시켜 먹으라는 워킹맘의 통화, 중년 불륜 커플의 아슬아슬한 로맨스, 그리고 나에게 제일 중요한 정차역 안내 방송까지.

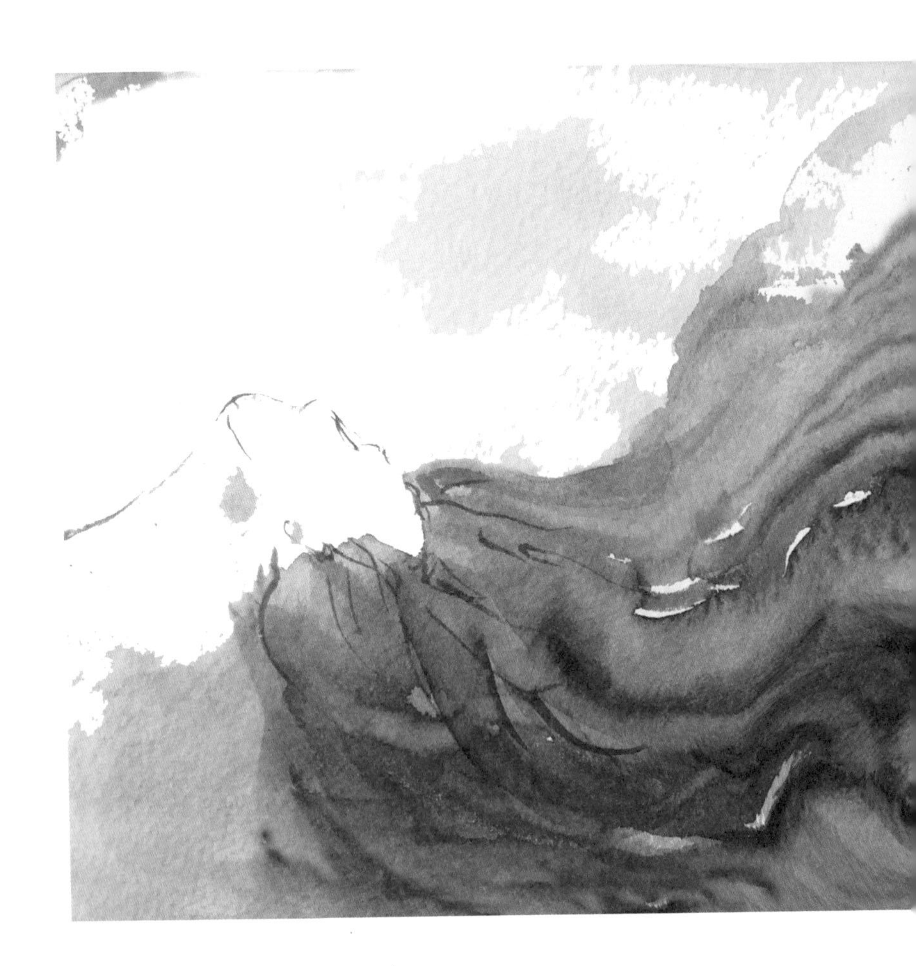

그 소리를 들으며 깨달았어. 2호선 지하철처럼 어쩌면 내 삶에서도 피하고 싶은 순간이 왔을 때 내 안으로만 파고 들어가는 게 답이 아니겠구나.

이젠, 지하철에서도 삶에서도 이어폰을 꽂지 않으려고. 내가 발 디딘 곳에 온전히 나를 맡기다 보면 치열하게 살아가는 사람들, 삶의 순간들을 느낄 수 있을 테니까.

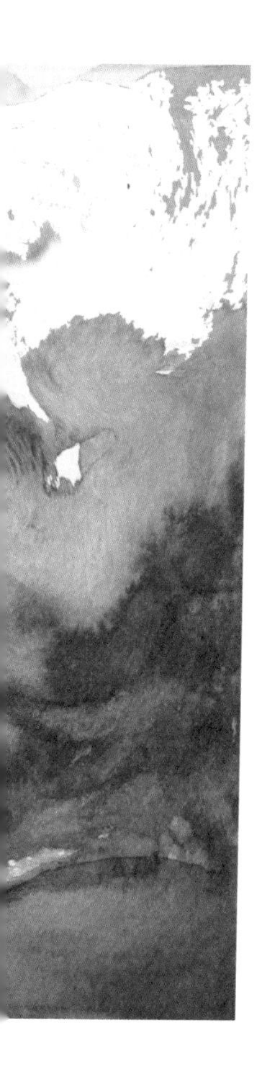

소소한 '잡음'들이 음악보다 내게 더
따뜻한 위로가 될 테니까.

너
거기 있었구나

상담 메일 중엔 간혹 '좀 놀아본 언니'는 고민이 없냐는 질문이 있어. 나라고 고민이 왜 없었겠어. 퇴사를 하고 너무 힘들던 시절에 템플스테이를 간 적이 있어. 짧지 않은 기간, 절에서 지내다 떠나던 날 스님과 차를 마시며 물었어.

"스님, 인생은 왜 이런 거예요?"
"고민 걱정 없이 사는 날이 오긴 오나요?"

스님은 말없이 차만 따르시더라. 한참의 정적 끝에 말씀하셨어.

"한 사람이 100년을 살아간다면 번뇌 없이 무탈한 날은 1년이 채 안 된다. 무탈한 날만 바라보고 살면 나머지 99년은 어떻게 살겠느냐."

그때는 그 말이 참 절망적이라고 생각했는데 문득 떠오를 때가 있어.

그림자가 없는 순간은 한순간도 없대. 사진관 조명 아래에는 그림자가 없는 것처럼 느껴지잖아. 그때도 그림자의 명도를 올리는 것일 뿐, 사라지지는 않는다더라. 결국, 눈이 부시도록 밝은 빛 속에도, 캄캄한 방 안에서도, 내가 존재하는 한 그림자는 언제나 같은 자리에 있는 거야.

고민이란 건, 그림자 같은 존재 아닐까? 내가 존재하는 한 절대 떨어질 수 없어서 '너 거기 있구나.' 하고 그냥 내버려둬야 하는 내 존재의 일부.

언제나 나를 따라다니는 그림자처럼
누구 하나 예외 없이 자신의 몫이 있는 것.

그래도 다행스러운 건 고민을 덜어주려고 기꺼이 귀를 여는 누군가가 항상 네 곁에 있다는 거야.

없다고? 일단 여기 한 명 있잖아?

내 인생, 몇 번의 사랑을 했던 걸까

오늘은 간만에 메일함에 쌓인 메일을 다시 세어봤어. 취업, 진로 상담이 많을 것 같겠지만, 아니야. 연애 상담이 제일 많아. 연애도 잘 못하면서, 남의 연애 고민을 상담해주는 모습이라니….

근데 갑자기 궁금해지더라.

'나, 살면서 몇 번의 연애를 해봤지?'

금방 떠오를 줄 알았는데 10분이 넘도록 답을 못 찾았어. 연애를 너무 많이 해서 그런 거냐고? 아냐, 그런 건 절대 아니야. 세다 보니 얘랑은 연애일까, 아닐까 헷갈리더라고.

'아! 다섯 번이네. 아니지. A도 우리 관계를 연애로 생각했을까? B랑은…? 이 정도 사귄 것도 연애 맞나? 어? C랑은 B보다 더 오래 만났는데, 왜 그건 연애로 생각을 안 하지?'

짧게 만난 건 썸, 길게 만난 건 연애. 연애하자는 말 없이 만난 건 썸, 눈물 나는 고백을 듣고 만난 건 연애? 그렇게 쉽게 생각하며 세었는데, 생각만큼 단순하지가 않았어.

어떤 사람은 정말 찰나와 같이 스쳐 지나갔는데도 추호도 의심 없이 연애했다고 생각되고, 어떤 사람과는 오랜 시간 만나며 할 거 다 했는데도 연애 같지 않더라고.

문득 궁금해지더라. 내가 연애라고 믿고 있는, 좋았던 관계 속의 그들은 과연 나와의 시간을 연애라고 생각했을까? 어쩌면 내가 기억 속의 '관계'들을 필터링하고 있는 건 아닐까.

나 때문에 눈물 흘린 사람들도, 나를 펑펑 울게 한 사람들도, 하나하나 머릿속에서 스쳐갔어. 미안한 마음도 들었다가 원망스런 마음도 들었다가….

그런데 그냥, 내가 어떤 모습으로 그들에게 기억되는지 생각 안 하려고. 그들 마음속에는 나와는 또 다른 필터가 있을 테니까.

결국, 우리는 '기억 속의 작은 파편'으로
서로를 기억하고 있을 테니까.
내가 그렇듯 그들도 그렇게.

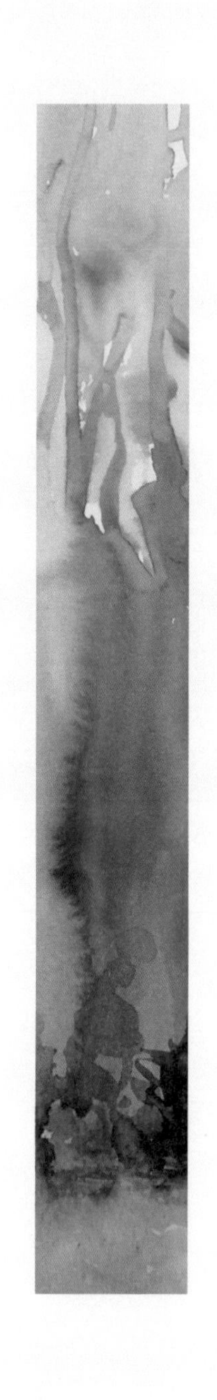

PART 2

단 하루도 인생이야

단 하루도 인생이야

나는 잠이 정말 많아. 진짜, 엄청나게. 끊임없이 옷매무새를 신경 써야 했던 예전과 달리 지금 일하는 곳은 복장 제한이 없어. 2년을 이곳에 다니다 보니 글쎄 아침 단장을 포기하고 자다가, 5분 만에 모자, 안경만 대충 걸치고 출근 준비를 마치게 됐지 뭐야.

어느 날, 자취방에 다니러 온 엄마가 그런 내 모습을 봤어. 세수하고 거울 앞에 앉아서 머리를 해야 하나 말아야 하나 깊은 고민에 빠진 나에게 한마디 하시더라.

"너 모자 쓰지 말고 머리 제대로 단장해. 아침에 꾸미는 10분을 포기하고 더 자는 게 별거 아닌 거 같지? 매일매일도 '인생'이야. 너, 머리 만지기를 포기한다는 건 '오늘'은 그냥 포기하겠다는 거야?"

머리를 쾅! 맞은 듯이 멍해지면서 두 가지 생각이 들더라.

첫 번째는 매일매일도 인생이라는 말, 하루를 포기하는 게 어쩌면 인생을 엉망으로 꼬아놓을 수 있다는, 당연하다고 생각했던 그 말이 어찌나 콕콕 박히던지….

인생을 다잡고, 놔버리는 것이
아침 헤어드라이로도 엿볼 수 있는 거구나,
더 자고 모자를 쓰거나, 덜 자고 단정한 차림을 하는
아주 사소한 선택들도 '인생'의 선택이구나.

두 번째로 느낀 건 말이야. 나보다 더 놀아본 언니가 우리 집에 있었다는 것.

역시나, 난 아직 멀었나 봐.

그 용기가
우리에게도 나눠지기를

그녀를 처음 본 건 3년 전이었어. 마흔이 조금 넘어 보이는, 통통하고 조용한 여자. 동네 헬스장 데스크에서 라면을 먹으며 드라마만 뚫어지게 보던, 사는 곳도 없이 헬스장 쪽방에 몸을 누이던 그 사람이 나는 안타까웠어. 그녀에게 사는 낙이라곤 그저 라면과 드라마밖에 없는 듯했지.

어느 날, 여느 때처럼 인사를 하고 들어가는데, 그녀가 라면, 드라마 말고 다른 무언가를 하는 걸 처음으로 보게 됐어. 그림을 그리고 있더라. 10년 넘게 그림을 그려온 내 눈을 의심할 정도로 생생한 미소를 짓고 있는 여인의 초상. 놀라서 한마디 했어.

"이거…, 직접 그리신 거예요?"
"아…, 네…, 아이고 부끄러워라. 그냥 낙서예요 낙서."
"아니, 지금 이건 작품인데요? 미술 배우신 거예요?"

"아뇨. 그냥 혼자 끄적이는 거예요."

"에이, 미대 나온 저보다도 뛰어난 실력이신 걸요."

놀리지 말라며 고개를 숙이는 그녀에게 한 번 더 말했어.

"농담이 아니라 정말로 그림 실력이 좋으셔서 그래요. 아마추어를 위한 공모전에 작품을 한번 내보시지 않을래요?"

한 달이 지났을까? 그녀는 매일 내가 오는 시간을 기다렸다가 자기 그림을, 자기 붓을, 자기 색연필을 보여주기 시작했어.

그렇게 2년이 지나고, 나는 회사를 그만두고, 백수도 되었다가 좀 놀아본 언니도 되었지만, 그녀는 언제나처럼 헬스장 데스크에 있었어. 역시나 라면을 먹으며. 달라진 게 있다면 더 이상 그림을 숨기지 않는다는 것 정도일까?

그러던 어느 날, 그녀가 말했어.

"저…, 내일까지만 일해요. 그쪽이 제 그림을 칭찬해주셔서 동네 교회에 보여드렸는데, 목사님이 기독교 미술 박람회에 추천해주셨어요. 앞으로는 교회에 딸린 카페에서 그림을 팔게 될 것 같아요."

3년을 매일같이 만나도 이름을 몰랐던 그 사람. 결국, 헤어지는 마지막 날까지도 이름을 묻지 않았던 사이지만 난, 진심으로 기뻤어. 짐을

싸서 나가는 그녀를 친구도 지인도 무엇도 아닌 내가 바래다주면서 문득 헬스장 입구의 간판을 봤어. 매일 보면서도 별 감흥 없던 한마디가 눈에 들어오더라.

'오늘 운동하시는 것이 당신 인생에서 가장 젊은 날입니다.'

나 기도했어. 살아있는 가장 젊은 날 꿈을 찾아 떠난 서울시 관악구 봉천동 열린 헬스장, 이름 모를 데스크 언니의 앞날에 멋진 세상이 펼쳐지기를. 축복이 가득하기를.

그리고, 배우지 않았다고 주저하고
너무 늦었다고 고민하는 우리에게
그 언니의 용기가 나눠지기를.

누구를 위한 날개였을까

"여기 말고 조금만 더 가면 괜찮은 곳이 있는데, 그리로 가요."

오늘 오전엔 협력업체 대표님과 미팅을 했어. 마흔 넘은 나이에도 짙은 선글라스가 잘 어울리는 훈남 대표님은 업무차 만나도 오늘처럼 항상 좋은 곳을 알려주곤 하셔.

그를 따라 계단을 올라가다 숨이 헐떡헐떡할 때쯤, 눈앞에 보기 힘든 풍경이 펼쳐졌어. 한 번쯤은 들어본 적 있는, 날개 벽화로 유명한 이화마을이었어. 햇살도 좋고, 집집마다 개성 있는 벽화 덕분에 기분이 좋았지.

"대표님, 여긴 어떻게 벽화 마을이 된 거예요? 되게 좋아요."

"여기, 원래 낙후된 마을을 재생시키자는 공공미술 프로젝트로 벽화가 그려진 거예요. 그게 방송에 나오면서 엄청나게 유명해진 거죠. 근데 유명한 날개 그림은 지금 없어요."

마을을 지키려고, 주민들을 떠나지 않게 하려고 그렸던 벽화가 너무 유명해지는 바람에 원주민들은 오히려 떠나야 했대.

조용했던 마을이 인파로 덮이고, 카페가 들어서고, 집값이 오르면서 더 이상 그들의 보금자리가 될 수 없어서 쫓겨나듯 내몰린 거지.

역시나 점심때가 되니 제대로 걷지도 못할 만큼 관광객이 몰려와서는 시끄럽게 떠들면서 여기저기 구경하고 있더라. 그 모습을 멍하니 바라보는 내게 그가 말했어.

"결국 이 안에 사는 건 '사람'인데, 주민들은 다 소외됐어요. 삶은 배제되고, 밖에서 보기에만 멋들어진 그런 마을이 된 거죠…."

인파 사이로 유모차 한가득 장을 봐서 끌고 가는 할머니가 보였어. 동화 같은 마을 속 할머니의 모습은 여느 할머니들과 똑같았어. 사는 모습은 저렇게 다르지 않은데, 한순간에 그들이 살아왔던 공간, 외연만이 바뀌어버린 그분에게 벽화는 과연 어떤 의미가 있는 걸까. 그 아름다움은 진정 누구를 위한 것일까….

가끔은 나도 상담하면서 멋진 말, 감동적인 말에 욕심낼 때가 있어. 글을 쓰는 사람, 유명인이 되고 싶어서가 아니라 한 사람, 한 사람의 삶을 바라보는 눈이 되고 싶어서 시작한 일인데, 어쩌면 나도 이화마을 벽화처럼 본질을 놓쳐버리지 않을까….

당연한 진실을 잊을 때쯤엔 찾아가려고,
이화마을로.

페북스타 김치볶음밥

난 어제부터 복통에 시달리고 있어. 왜냐고? 내가 만든 김치볶음밥 때문이야. 내가 가지고 있는 평균 이하의 능력이 두 개 있는데, 바로 길 찾기와 요리거든. 아무리 노력해도 절대로 나아지지 않더라고. 중학생 때 난생처음 라면을 끓여 먹어보고 알게 됐지. 타고난 재능이 있는 것처럼, 타고난 '무능'도 있다는 걸 말이야.

평소엔 다이어트 한다고 과일이며 고구마, 채소를 먹는데 하필 어제는 식은 밥과 김치, 삼겹살밖에 없었어. 사 먹는 것보다야 집밥이 건강할 것 같아서 김치볶음밥을 만들었는데 대참사가 일어나버린 거지.

김치볶음밥을 할 땐 고기, 김치, 밥 순으로 볶는다면서? 난 용감히 레시피도 안 보고 맘대로 했어. 밥과 김치는 다 타버려서 서걱서걱 씹힐 정도였고, 고기는 너무 늦게 들어가서 설익었어. 누군가 나에게 이런 걸 먹으라고 줬다면 아마 절교했을지도 몰라.

지옥 맛을 보여주는 김치볶음밥, 생긴 건 꼭 음식물 쓰레기 같은 그것을 버리지도 못하고 어쩔 수 없이 먹다 보니 너털웃음이 다 나오더라.

혼자 보기는 아까워서 페이스북에 사진을 올렸어. 10분도 되지 않아 내 요리 실력을 아는 지인들의 댓글 파티가 열렸지. 월요병에 몸서리치는 직딩들에게 큰 웃음이 넘쳐흘렀어.

30분이 넘도록 다섯 숟갈을 채 못 먹고 있는 김치볶음밥과 100개가 넘어가는 페이스북 '좋아요'를 번갈아 보며 생각했어.

어디에도 쓰이지 못하는 무용지물 같은 존재,
그런 건 어쩌면 절대 없을지도 모른다고.

'유머짤'로 다시 태어난 내 김치볶음밥처럼.

지나고 나니,
아름다웠을 뿐이야

오늘은 정말 덥더라. 왜 그런 얘기 있잖아. 가을의 끝자락에서는 비 한 번 오면 추워지고 봄의 끝자락에서는 비 한 번 오면 더워진다는 말. 새벽에 비가 와서 그런가, 저녁 여섯 시가 넘었는데도 해가 쨍쨍한 게 여름 한낮 같았어.

외근 나갔다가 사무실로 향하는 길이었는데, 날은 덥고, 사람에 치이고 퇴근까지 못 하니 짜증이 한껏 났어. 어차피 늦은 거 커피라도 한 잔 먹으려고 커피숍엘 들어갔지. 아이스 아메리카노 한 잔을 냉수 마시듯 들이켜고 나니 정신이 들더라. 그제야 가게를 둘러봤는데, 건물 외벽 가득한 담쟁이 넝쿨과 키가 크고 뽀얀 미소년 같은 알바생들이 눈에 들어왔어.

어디서 본 것 같은 풍경인데, 어디서 봤더라…. 한참 생각하다가 떠올랐어.

'아! 그래, 이 집, 그곳과 닮았어. 커피프린스 1호점.'

누군가 나에게 최고의 드라마가 뭐였냐고 묻는다면 주저하지 않고 〈커피프린스 1호점〉을 꼽을 거야. 나에게 촉촉한 감성이 남아있던 시절의 마지막 드라마. 지금 생각해보면 상처 있는 재벌 아들과 캔디 같은 여자의 뻔한 사랑 얘기에 동성애 코드 하나 얹어진 것뿐인데 '네가 어떤 사람이든지 너를 사랑할 수 있어.'라고 말하는 풋풋한 열정의 코드로 남았다랄까.

내게는 절대 오지 않을 줄 알았던 삼십 대가 되니 그런 열정은 사라지고, 사랑이라는 단어에 가슴은 뛰어도 두 발이 뛰지 않게 되더라. 사랑이 끝나도 세상은 무너지지 않는다는 걸 알게 되더라. 시간이 흐르면 다시 사랑할 수 있다는 것도, 다시 시작한 그 사랑 또한 끝이 있다는 것도….

이십 대 촉촉한 감성으로 보던 드라마를 추억하는, 어리지 않은 나. 주름보다도 흰머리보다도 먼저 찾아와서 펴지지도, 뽑히지도 않는 메마른 감정 앞에 선 삼십 대의 내가 서글플 만도 한데 그냥 빙그레 웃음이 났어. 아름다운 시절인 건 알지만 돌아가고 싶지는 않았거든.

돌이켜보니 사랑이었고 뒤돌아보니 아름다웠지만, 누구보다 많이 울었고 누구보다 고통스러웠던 그 시절로는….

그래서 나 있지. 지난 시절을 그리워하지 않으려고 해. 지금 이 순간도 지나고 보면 분명 아름다운 순간일 테니까.

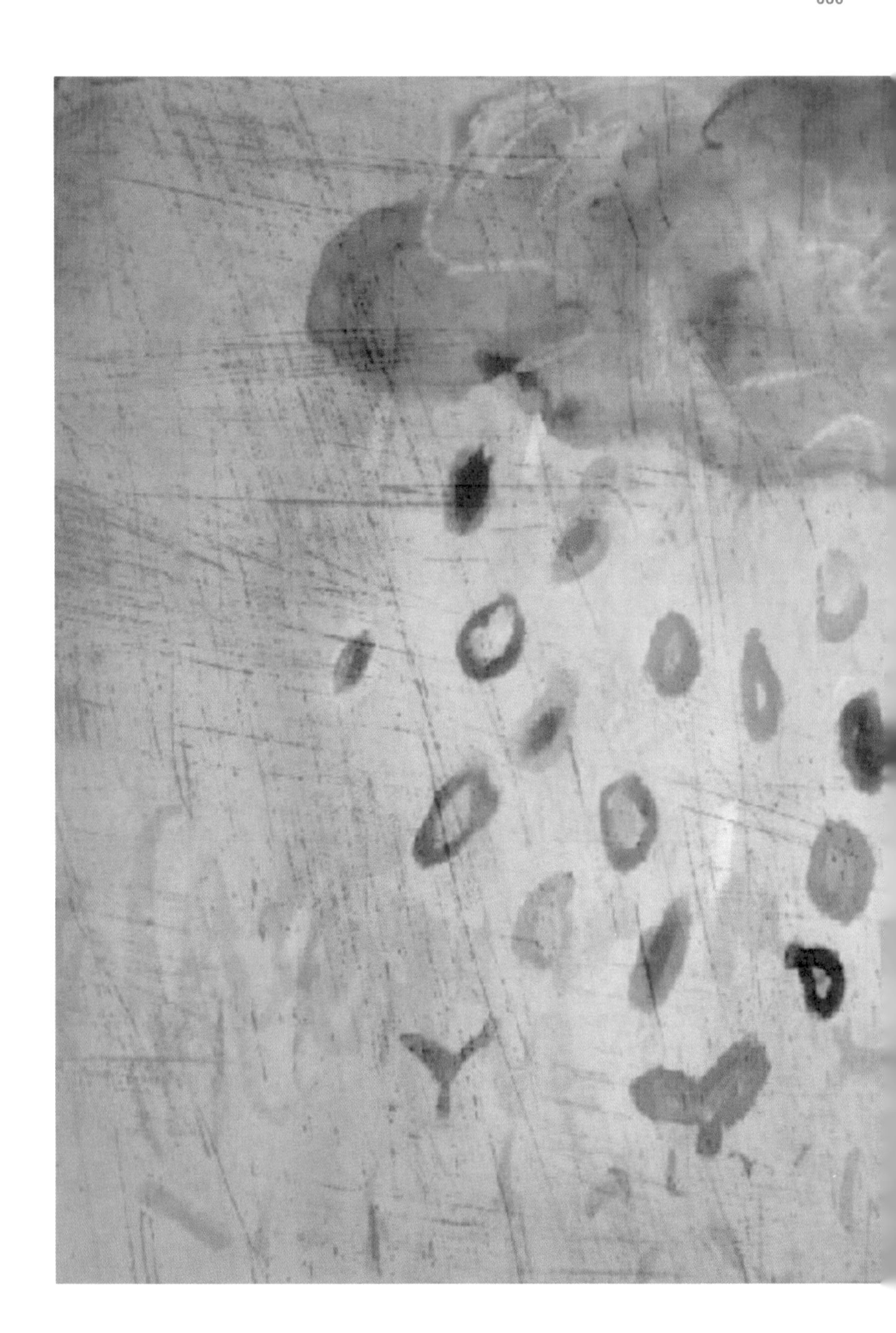

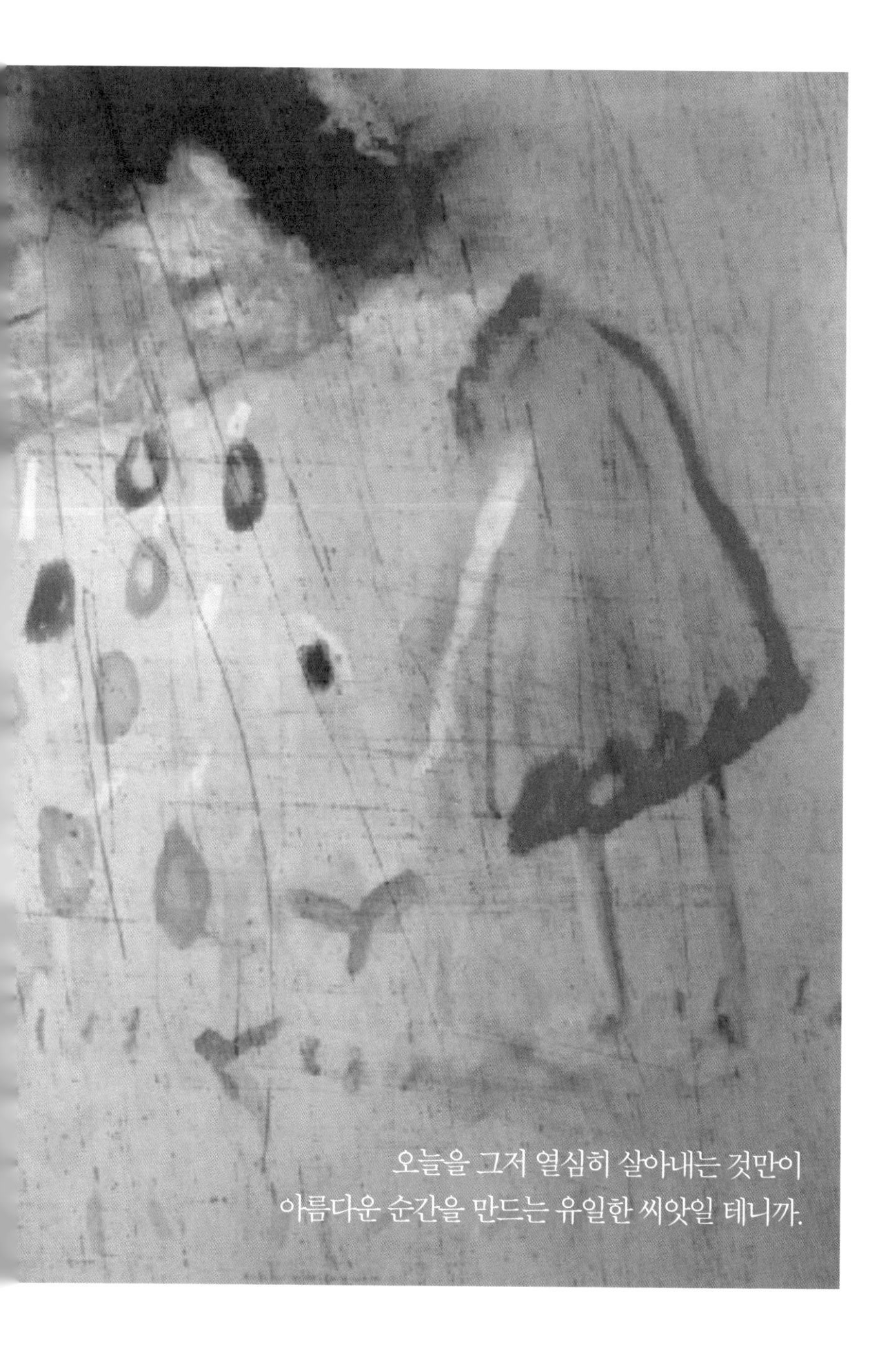
오늘을 그저 열심히 살아내는 것만이
아름다운 순간을 만드는 유일한 씨앗일 테니까.

재고가 없어요, 고객님

"이 날씨에 걸어 다니면 산책이 아니고 태닝이야. 난 안 가."

점심 먹고 동료들이 산책을 다녀오자고 하는데 거절했어. 피부가 유독 까매서 살 타는 것에 엄청 민감하거든. 건강해 보이지 않느냐고? 아니! 전혀! 피부색이 칙칙한 데다가 햇볕에 정말 잘 타서 7월 초만 돼도 어떤 동네에서든 그 골목에선 검은 피부 일등이야. 언젠가는 금발로 염색하면 피부가 좀 하얗게 보인다길래 했더니 바로 브라질 사람이 되어버리더라고.

그래서 한동안 화장에 얼마나 집착했었는지 몰라. 내 얼굴색에 맞는 파운데이션을 겨우겨우 하나 찾았는데, 얼마 전에 새로 사러 갔다가 충격적인 말을 들었어.

"아…, 이 컬러가… 국내에는 많이 안 들어와요."
"이게… 남미여성용 컬러라서… 우리나라에 쓰는 분이 별로…."

몇 년 전이었으면 짜증을 한껏 냈을 만도 한데, 서른이 넘어 그런가, 그냥 쿨하게 돌아왔어. 이런 생각이 드는 거 있지?

'에라! 모르겠다. 어차피 피부가 깨끗해질 수는 있어도 하얘지긴 어렵잖아. 다시 태어날 수도 없고, 어차피 30년도 넘게 산 거, 그냥 살자.'

갑자기 웃기더라. 내가 이렇게 쿨해지다니. 한창 외모에 신경 쓸 땐 옷을 살 때도 컬러 때문에 골머리더니, 요즘은 그렇게 피하던 라임 색도, 민트 색도 잘 입고 다녀. 난 분명 거무튀튀한 모습 그대로인데, 옷이 참 예뻐 보이더라고.

세상 모든 일을 '하면 된다.'는 마음으로 할 수는 없지만,
이젠 포기가 아니라 있는 그대로를 인정하며
사는 방법을 조금씩 알아가나 봐.

그래서 아무리 해봐도 안 될 것은 그냥 두려고. 남미 여성용 컬러로 화장을 하면 어때. 브라질 사람들, 아르헨티나 사람들, 죄다 미남미녀이던데 뭘. 내 몸매가 '남미' 형이 아닌 건 슬프지만. 하하.

해봐! 되든, 안 되든

오랜만에 서점에 갔어. 개그맨 서경석 씨의 에세이가 나왔는데, 에필로그에 내 글이 실려서 그걸 볼 겸 다녀왔어. 우와! 연예인 친구도 있느냐고? 오늘은 사소한 만남이 가져다준 인연에 대해 이야기해볼게.

스물아홉, 회사를 그만두고 백수가 된 나는 어디로 가야 할지, 어떻게 살아야 할지 모르는 우울한 날의 연속이었어. 웹 서핑을 하다가 우연히 방송프로그램 패널을 모집한다는 글을 봤어. 세상을 달리 보는 특이한 시각의 청년들을 찾고 있다는. 단박에 신청한 이유는 MC가 서경석이었기 때문이야. 그를 만나고 싶었거든.

스물두 살의 어느 봄날, 신입생 오리엔테이션의 사회로 그가 왔었어. 먼발치에서 그를 보며 생각했지.

'이 학교를 나와서 개그맨을 한다는 거, 지금도 어렵지만, 당시엔 더욱 반대가 많았을 텐데, 어떻게 그런 결심을 할 수 있었을까?'

그때 잠깐 흘려보냈던 생각이 백수가 되어 다시금 떠오른 거야. 명문대와 대기업, 그 안에서 참으며 살아가는 미생의 삶을 도망치듯 뛰쳐나온 내가 이제 뭘 할 수 있을까 고민하던 때, 그라면 뭔가 답해줄지도 모르겠다는 실낱같은 희망으로 방송국엘 갔어. 방청석에 앉아있던 내 앞으로 그가 다가왔을 때 덥석 붙잡고 다짜고짜 말했지.

"제가 고민이 있는데요. 잠깐만 들어주시면 안 돼요?"

출연자 대기실에 앉아서 민망한 줄도 모르고 하염없이 이야기했어. 뭔가 새로운 일, 세상의 모범답안이 아닌 나만의 일을 하고 싶은데 돈을 벌 수 있는 일도 아니라서 해도 괜찮은 건지 모르겠다고, 당신은 어떻게 개그맨을 할 용기를 냈느냐고 마구잡이로 쏟아내는 질문을 가만히 듣던 그가 말했어.

"되든 안 되든 해본 거지. 안 해보고 될까 안 될까 생각하면 뭐하지? 어차피 예측일 뿐인데?"

어찌 보면 뻔하고 식상한 말이었는데도 가슴에 콕 와서 박혔던 건 처음 본 방청객을 대기실로 데려와서 흔쾌히 하소연을 들어주고 말해준 그 진심 어린 배려 때문이었을 거야. 한참을 더 토해낸 뒤 감사하다며 문을 나서는 내게 다시 한 번 그가 말했어.

"해봐. 되든 안 되든.
그리고 꼭 시도해보고 내게 연락해."

되든 안 되든 시작한 일이 바로 좀 놀아본 언니의 상담소였어. 꽤 오랜 시간이 지난 지금도 그는 나와 내 글을 잊지 않고 내 글을 읽어보라며 여기저기 권하고 있어. 자신이 응원한 청춘이니까 앞으로도 계속 지켜보겠다는 말과 함께.

스물아홉 방황하던 내게 기꺼이 귀를 열어준 사람. 자신의 삶을 담은 에세이에 내 글이 꼭 실렸으면 좋겠다며, 청춘에게 바치는 책이니까 청춘이 글을 써주면 좋겠다며 인연을 잊지 않고 이어가는 사람. 그 사람, 서경석이 알려줬어.

우연히 스쳐 지나간 누군가가 삶을 일으켜줄 수 있다.
삶의 길벗들은 생각하지 못한 순간, 생각하지 못한 곳에서
그렇게 나를 기다리고 있을지 모른다.

찰나의 만남, 따뜻한 한마디의 말이 인연의 실로 엮여가는 게 어쩌면 우리의 인생인가 봐.

고마워요. 화살코.

카우보이와 땅콩 캐러멜

한 통의 메일이 왔어. 외주로 글을 쓰던 외국의 신문사에서 칼럼을 그만 쓰면 좋겠다고. 내 열성 팬이었던 담당 기자가 퇴사하며 나까지 댕강 잘린 거야.

당황스럽고 황당한 기분으로 사무실 앞마당에 앉아 있는데 저 멀리서 낯익은 얼굴이 보여서 달려갔어. 몇 달 전까지 근무하던 경비 아저씨가 놀러 온 거야. 아저씨가 떠나던 쓸쓸한 날이 눈에 선해서 더욱 반가웠는지 몰라.

괴팍하지만 호탕했던 욕쟁이 아저씨. 큰 목소리에 깜짝 놀랄 때면 캐러멜 두어 개를 절대 곱게 건네주는 법 없이 휙! 던져주던 아저씨는 퇴근길에 갑작스러운 교통사고로 일주일 입원했다가 그 길로 잘렸어. 떠나던 날, 아저씨는 너털웃음을 지으며 말했어.

"싯팔. 차에 치여서 누워있다고 그새 딴 놈이 와있더구먼? 잘들 사시게. 나는 입에 풀칠이나 할랑가 모르겠네."

그렇게 떠났던 아저씨를 다시 만난 거야. 악수를 하면서도 내 동공은 안색을 살피기 바빴는데, 의외로 아저씨가 예전보다 훨씬 건강하고, 편안해 보이지 뭐야. 내가 칼럼에서 잘린 울분을 토해내는 걸 한참 듣더니, 어쩐 일로 욕도 섞지 않고 말했어.

“나 요새 대학 생활관에서 일해. 돈도 솔찮이 주고 괜찮어. 나갈 때는 입에 풀칠이나 할랑가 싶더니, 살 만하다니께. 하늘의 뜻인가, 좋은 자리가 딱 있더구먼. 거기 들어갈라고 나온 모양이여. 너도야, 뭣을 그런 거를 가지고 담배를 뻑뻑 피워대. 또 와. 좋은 데 분명히 또 와.”

울먹이듯 연신 ‘싯팔’을 말하던 뒷모습이 남아있던 아저씨. 하지만 오늘, 아저씨의 넉넉해진 뱃살과 전에 없던 웃음을 보며 조금은, 아주 조금은 기운이 났어.

그래. 오늘 갑자기 쾅! 닫혀버린 문이 있듯 선물처럼 스르륵 열리는 문이 있을지도 몰라. 문이 있었는지도 몰랐던 낯선 어딘가에.

나와 한참을 수다 떨던 아저씨는 자리를 털고 일어났어. 이거나 먹으라는 말과 함께 언제나처럼 휙 날아오는 땅콩 캐러멜 두 개.

역시나 하나밖에 못 받고 나머지 하나를 줍는 나를 보며 아저씨는 말했어.

“어이그. 여전하고만. 담배나 끊어봐라, 한 번에 받지.”

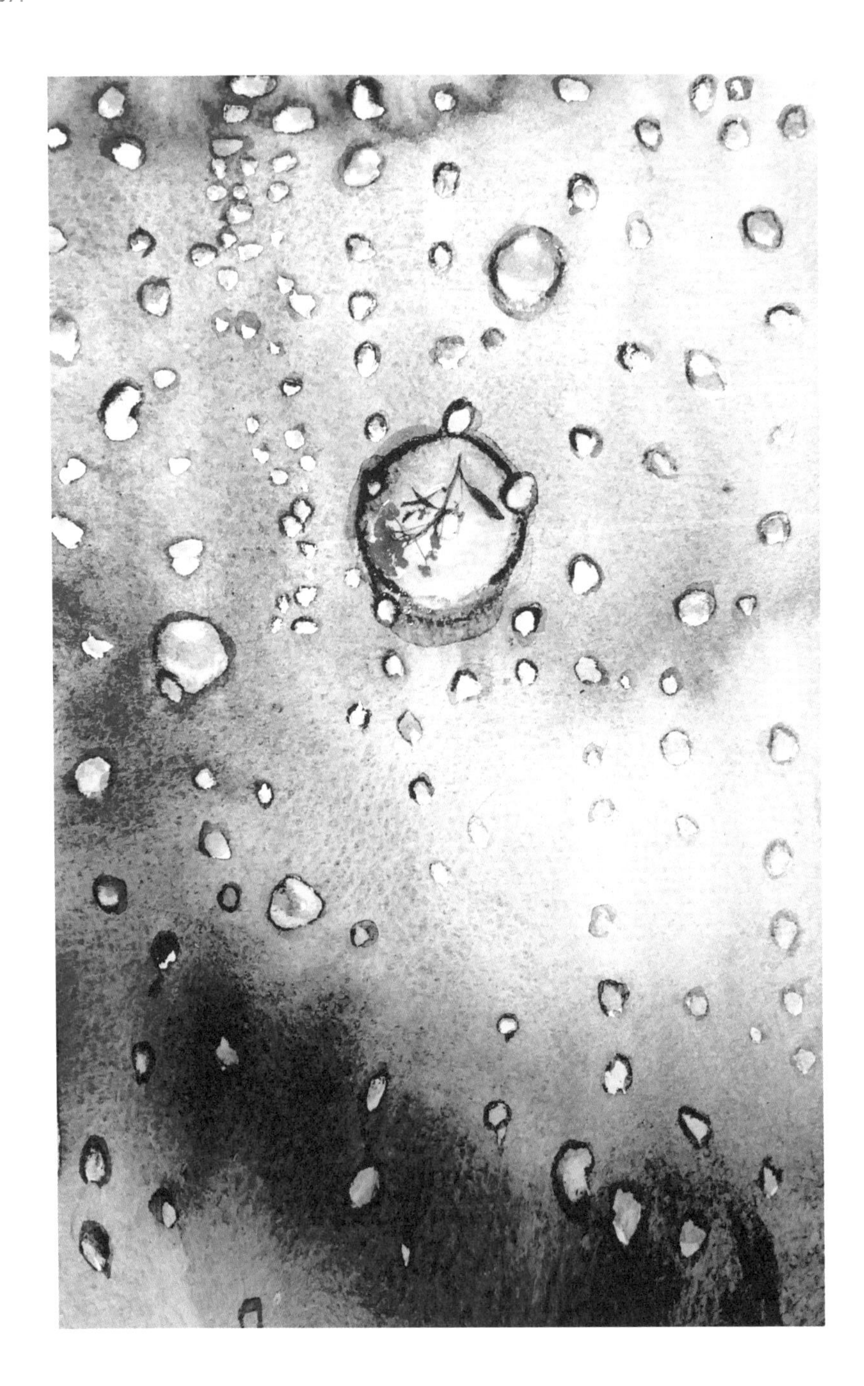

석양의 카우보이처럼 쿨하게 멀어진 아저씨를 보며 생각했어.

오늘의 흔들림은 어쩌면 슬픔도 어둠도 아니라
새로운 물결을 만드는 작은 파동의 시작일지 몰라.
상처가 나를 흔들어대도 그건 단지 오늘뿐이야.

아저씨는 그 말을 해주려고 기막힌 타이밍에 내게 왔을지도 모르겠어. 고마워요, 아저씨. 다음엔, 꼭 한 번에 다 받을 테니까, 지치고 힘든 날에 다시 와서 땅콩 캐러멜을 던져주세요.

아침의 내가
저녁의 나에게

출근길, 신던 구두를 벗어 던지고 허둥지둥 다시 방으로 들어갔어. 정시 출근이냐, 지각이냐 촌각을 다투는 데드라인, 8시 31분이었는데도. 뭐 두고 나갈 뻔했냐고?

아니. 이불을 개어두러 들어간 거야. 매일 밤, 퇴근해서 집에 들어와 방문을 열었을 때 위로받는 기분과 더 무거워지는 기분은 정말 작은 차이더라고.

나에겐 그게, 이불이거든.

피로로 축 처지는 밤에, 헐떡이며 뛰쳐나갔던 아침 흔적마저 얹어지면 한없이 무거운 기분이 들까 봐, 그런 밤을 맞이하기가 너무 싫어서 방으로 다시 들어선 거지.

그리고서는 천천히 이불을 접어 한쪽에 가지런히 놓아두고, 바다 향이 은은한 디퓨저를 꺼내어놓고, 수건을 정리하고, 다시 구두를 신으니 8시 33분.

딱 2분이 걸렸어.

그 2분 때문에 아마 지하철 환승을 못 할 수도 있고, 눈앞에서 3호선을 떠나보내고 발을 동동거릴지 몰라. 결국, 지각해서 하루 종일 눈치 볼지도 모르지.

그래도 뭐, 괜찮아. 차를 놓치든, 지각해서 혼이 나든 어쨌든 정돈된 내 방이 주는 위안만 있다면, 가지런하게 접힌 이불과 은은한 위로의 향이 나는 디퓨저가 나를 기다린다면 나는 괜찮아.

아침 찰나의 내가
저녁의 지친 나에게 해준 작은 배려가
얼마나 따듯한지, 위로가 되는지 아니까.
지친 하루를 온전히 품어주는 기분으로
잠을 청할 수 있으니까.

어른, 참 별거 아니었구나

왜 다들 어른이 되면 멋지게 살 줄 알았다고 한탄하는 걸까? 어릴 때부터 사실 그게 아니라는 것쯤은 알고 있었잖아. 등굣길에 마주하는 어른들의 표정이 이미 다 말해주었는걸.

그래서 난, 멋진 삶까진 바라지도 않았어. 단지 나는 생각했어.

'하루를 마치고 집으로 돌아가는 발걸음 정도는 가벼웠으면 좋겠다. 다음날 걱정으로 뒤척이며 지새우는 밤은 아니었으면 좋겠다. 아침 출근길엔 죽을 맛이어도, 집으로 들어가는 열쇠 소리에 한숨을 섞지는 않았으면 좋겠다. 그냥 온전한 하루를, '희로애락' 정도는 느끼는 하루를 살아가고 싶다….'

적어도 '노'와 '애'만 가득 찬 하루는 아니었으면 했지. 멋진 삶. 그런 건 애초부터 바라지도 않았다고. 사표를 왜 쓰느냐고 묻는 친구에게 저렇게 말해주니, 뭐라는 줄 알아?

"야! 너 정말 멋지다. 행동으로 옮기다니."

너털웃음이 났어. 이런 생각지도 못한 순간에 멋지다는 이야기를 듣게 될 줄이야.

어른들의 '멋진 삶'이라는 거, 참 별거 아니었구나.
어른들의 '멋진 삶'이라는 거, 참 어려운 거였구나.
어려운데 멋은 도통 나지가 않는,
그런 보잘것없는 것이었구나.

눈물 없이 이별한다는 건, 서른이 되었기 때문이야

언젠가 말했던가, 사랑이라는 단어에 가슴은 뛰어도 두 발은 뛰지 않게 되는 날이 왔다고. 그런 날들의 끝자락에서, 나와 꼭 같은 메마름을 느끼는 그 사람과 나는 이별했어. 어젯밤에….

집 앞 벤치에 앉아서 꽤 오랜 시간 이야기 나눴어. 고마웠던 일들, 감사했던 일들, 너도, 나도 좋은 사람이지만 우리는 너무 달라서, 그래서 우리는 영원하지 못할 거 같다는 말들을….

나의 이십 대는 정말 불꽃 같았어. 내가 열렬히 사랑하거나, 열렬히 사랑받거나…, 중간은 없었어.

그래서일까, 언제나 그 뜨거움의 끝은 눈물과 상처, 마음에 재처럼 쌓인 어둠뿐이었어. 좋았던 순간마저 결국은 잊고 싶은 악몽으로 변색되었지.

하지만 어제의 이별은 더 이상 그러지 않았어. 그러지 않기로 했어.

이별하는 연인이 앞으로 더 행복하게 살길 바란다는 거, 비록 헤어지지만 고마운 사람임을 잊지 않고 따듯한 마음을 기억한다는 건, 이십 대의 나에겐 상상할 수 없었던 일이야.

이미 나는 이번 이별 덕분에 아주 조금,
아주 조금쯤은 어른이 되었나 봐.

그래서 오늘 밤 나, 울진 않을래. 슬퍼하지도, 후회하지도 않을래. 그냥 고마워하고 싶어. 그게 나의 지난 시간들, 지난 선택에 대한 진솔한 마음이니까.

내가 문제라서 다행이야

대포알 같은 고함 소리가 오가고, 비생산적인 논쟁이 계속되는 회의로 예상보다 훨씬 늦어진 퇴근길. 집으로 돌아오는 길이 오늘따라 참 멀더라.

터덜터덜 걸어서 전철을 타고, 중간에 갈아탔다가 내려서 다시 마을버스를 타고, 또 내리고. 거기서부터 집까지 딱 스무 걸음. 매일 걷던 길, 언제나 같은 걸음인데 왜 그리 발이 안 떨어지던지….

오늘 나에겐 너무 많은 일이 있었어. 동료의 오해와 분노, 부하 직원의 불만, 상사의 모함…. 1년에 한 번 있을까 말까 한 일이 몽땅 몰려버려서 대체 뭐에 씌었나 싶었어.

그 지옥 같은 시간을 겨우 보내고 마을버스에서 막 내리는 길에 한 통의 전화를 받았어. 엄마였어. 사소한 이야기 끝에 엄마에게 잔뜩 신경질을 내고 전화를 끊어버렸어.

화가 머리끝까지 치밀었거든.

'왜 다들 나를 힘들게 하지? 갑자기 왜 이렇게 댐 터지듯 터지는 거지? 날 잡았나? 아니야. 아니야. 어쩌면…, 모두가 날 힘들게 하는 게 아니라 내가 모두를 힘들게 하고 있는 걸까? 내가 문제인 건 아닐까?'

생각이 거기까지 미치는 순간, 가던 길을 멈춰 서서 엉엉 울었어. 오밤중의 적막한 동네 한복판에서, 아주 엉엉. 일곱 살 어린애처럼.

퉁퉁 부은 눈으로, 그저 훌쩍이며 앉아있길 한참. 몇십 분이나 지났을까, 맞은편 유리창에 비친 내 모습을 봤어. 길가에 주저앉아 울고 있는 모습이 누가 봐도 정신 나간 몰골이었어. 꼴이 그랬어. 너무 보기 싫어지더라.

실성한 사람 같은 내 꼴을 안 보는 방법은 단 하나.
풀린 다리를 다시 부여잡고 일어서서 걷는 것.
그것밖엔 없었어.

눈물을 닦고 일어나면서 생각했어.

'차라리 잘 된 거야. 모두가 짠 듯이 날 괴롭힌 게 아니라 그냥 내가 이상한 거라면 지금 이 걸음처럼 나 혼자만 다시 추스르면 되는 거야. 그리고 걸으면 되는 거야. 이상할 것도, 억울할 것도 아무것도 없어. 내가 문제라서 다행이야. 그냥 눈물을 닦고 걷다 보면 모든 게 제자리로 와있을 거야. 그럴 거야….'

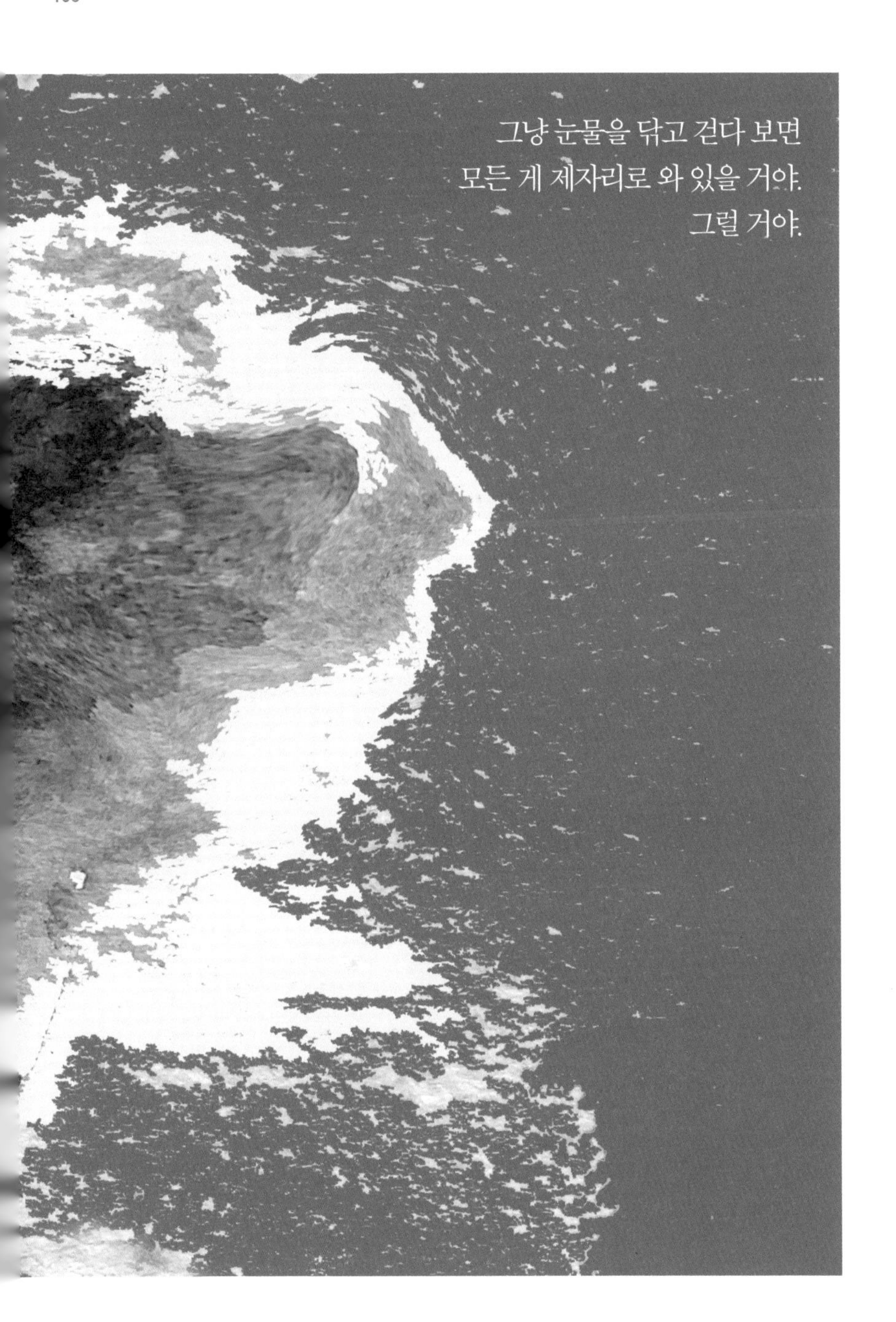
그냥 눈물을 닦고 걷다 보면
모든 게 제자리로 와 있을 거야.
그럴 거야.

잡아줘, 그 손을

"퇴근했어?"
"어. 지금 막?"
"커피 한잔 할래?"
"지금…? 어? 지금?"

저녁 10시 45분. 발걸음 하나조차도 떼기 힘겨운 시간. 그 시간에 보자는 친구를 외면하기가 오히려 더 어려운 거 알아? 피곤할 거 뻔히 알면서도 불러내야 할 만큼 숨이 꼴딱 넘어갈 듯한 하소연을 마냥 뿌리치긴 힘들거든. 날씨가 쌀쌀해질수록, 한 해가 저물어갈수록 그런 연락이 많이 오더라.

오늘도 천근만근의 몸을 끌고 공원 앞에 앉았어.

"나…, 사표 쓰려고."
"그래라."

똥그랗게 눈을 뜨고 바라보는 친구.

"어…? 안 말려?"
"말린다고 들을 애면 말렸지. 어차피 낼 거 잘 살아라. 진짜 잘!"

짧고 굵은 내 말에 후련함일지 고마움일지 모를 눈물을 10분도 넘게 흘리는 그 애의 작은 어깨를 다독이며 생각했어.

'괜찮다는 말, 정말 듣고 싶었나 보다. 아무도 저 녀석에게 그 말을 해주지 않았나 보다. 길고 긴 오늘 하루 동안 저 녀석은 그 말을 들으려고 그토록 사람을 찾아 헤매었나 보다.'

이 세상에 힘들지 않은 퇴근길은 없어. 누구나 힘들고 지쳐. 그럼에도 누군가 너에게 전화를 걸어온다면, 짙은 밤을 어렵사리 비집고 너에게 전화를 걸어온다면 잡아줘, 그 손을. 들어줘, 그 목소리를.
오늘도 울지 않고 살아내는 네 힘을 아주 조금만 나누어줘.

수화기 너머의 울림은 네 생각보다 더 간절할지 몰라.
그 작은 울림을 내는 것조차도 큰 용기였을지 몰라.

우리의 뷰티, 인사이드

오랜만에 영화관 데이트를 했어. 〈뷰티 인사이드〉를 봤지. 한효주가 그렇게 예쁘다길래, 훈남훈녀 배우들이 비엔나소시지처럼 줄줄이, 장면마다 이어진다기에 '예쁜 영화'인 줄 알고 보러 갔어.

레몬 아이스크림 먹은 듯 상큼한 엔딩으로 끝날 줄 알았는데 웬걸, 보고 나오는 길에 생각이 많아지더라. 판타지 로맨스라고 했던 그 영화는 전혀 가볍지도, 상큼하지도 않았어.

우리의 삶과 똑 닮아있었거든.

영화 속 주인공처럼 매일 얼굴이 바뀌는 저주에 걸리지 않더라도 시간이 흐르면 우리의 외모도 변해가잖아. 살이 찌기도 하고, 늙기도 하고…. 그렇게 사랑받지 못할 외모가 되어도, 아니 애초부터 그런 외모였대도 사랑할 수 있을까? 사랑하는 누군가로부터 사랑받을 수 있을까? 반대로 내가 좋아했던 사람이 다른 모습이었다면 나는 사랑할 수 있었을까? 이런 생각들이 끝없이 이어지더라.

그런데 말이야. 꿈같은 이야기일지 모르겠지만, 절대 나를 사랑해줄 거 같지 않던 빛나는 사람이 나를 사랑해주는 순간이 우리에게도 한 번쯤은 찾아와주지 않을까?

'오늘 네가 어떤 모습이든 사랑한다.'던 영화 속 그들처럼, 사랑을 확신하지 못했지만 결국 사랑을 찾은 그들처럼 반드시 올 거야.

우리가 자신의 뷰티, 인사이드를
보게 될 어느 날에.

오랜 꿈이 이루어지던 순간

내 버킷리스트 중에 가장 오랫동안 실천하지 못한 건 뮤직비디오 만들기였어. 점점 건조해지던 직장인 시절, 잠들지 못하는 밤엔 항상 노래를 들으며 잃어버린 꿈들을 되짚어봤어. 언젠가는 머릿속에만 있던 그 꿈의 조각들을 꼭 영상으로 담아내야겠다 다짐하곤 했어.

하지만 야근이 계속되는 날들 속에서 뮤직비디오 만들기라니, 정말 얼토당토않았어. 오래된 작은 꿈 하나도 해낼 수 없을 만큼 지친 내 모습을 마주했던 어느 날, 생각했어.

'이젠 그만둬야겠다.'

그리고 난 뮤직비디오를 만들었어.
하고 싶은 게 고작 뮤직비디오 만들기냐고, 그게 네 인생을 책임져줄 수 있느냐고 누군가 말했어.

그런데 말이야. 삶에 정답이 있을까? 별 볼 일 없는 뮤직비디오를 만드는 3일 동안 행복했는데…. 요즘도 지치고 우울할 때면 보곤 해. 뮤직비디오가 돌아가는 3분간, 다시 그때처럼 행복해지거든.

왜 이걸 했느냐고 묻는다면 내 답은 언제나 같아.

그냥…,
그땐 하고 싶었어.
그 순간엔 정말 행복했어.

엘리베이터야,
올라와 주겠니?

도무지 말귀를 못 알아먹는 거래처와 한 시간 넘게 통화하고 탁! 수화기를 내려놓은 오후, 갑갑해서 바람을 쐬러 일어났어. 엘리베이터 앞에서 고민했어.

'올라가는 버튼을 누르면 기다리지 않고 바로 탈 테고 내려가는 걸 누르면 옥상까지 갔다가 한참 뒤에야 내려오겠지. 옥상에서 쉴까 1층에서 쉴까, 위를 누를까 아래를 누를까….'

그 사이 엘리베이터는 지나가고, 20년도 훌쩍 넘은 장면이 떠올랐어. 초등학교 때쯤인가, 할아버지의 제삿날 친척들이 하나둘씩 모여들었어. 오랜만에 사촌들을 보고 한껏 들떠서 놀이터로 우르르 몰려나가는 길. 엘리베이터 앞에 섰는데, 동갑내기 사촌이 자신 있게 버튼을 눌렀어. 그런데 올라가는 버튼을 누르더라? 시골 애라 엘리베이터를 탈 줄 모르는구나 싶어 의기양양하게 말했어.

"바보야, 왜 올라가는 버튼을 눌러?"
"응? 엘리베이터가 1층에 있으니까 여기로 올라오라고."

부끄러워서 괜한 화를 내거나 당황할 줄 알았는데 그 애 답은 의외였어. 엘리베이터에게 부탁하듯, 말을 건네듯 내게로 올라와 달라니….
날 때부터 아파트에 살았던 나에게 엘리베이터는 그저 심부름꾼이었어. 내가 올라갈 거니까 혹은 내려갈 거니까, 나를 중심에 두고 어디로 갈지 누르는 것이 너무도 당연했으니, 그런 생각이 낯설 수밖에.

그 시절, 엘리베이터를 '을'로 여기던 꼬마 모습이 그대로 남아서 오늘 마주친 사람들을 엘리베이터처럼 대한 건 아닐까. 콘크리트 같은 시대 속의 우리는, 점점 더 '요구'만 할 뿐 '부탁'은 할 줄 모르는 '바보'가 되어가는 건 아닐까. 추억의 끝자락에 생각했어.

어쩌면 갑도 을도 없이 그냥 친구만 있던
사촌의 그 순수한 마음이
지친 오늘을 거두어가는,
작지만 확실한 열쇠일지도 모르겠다고.

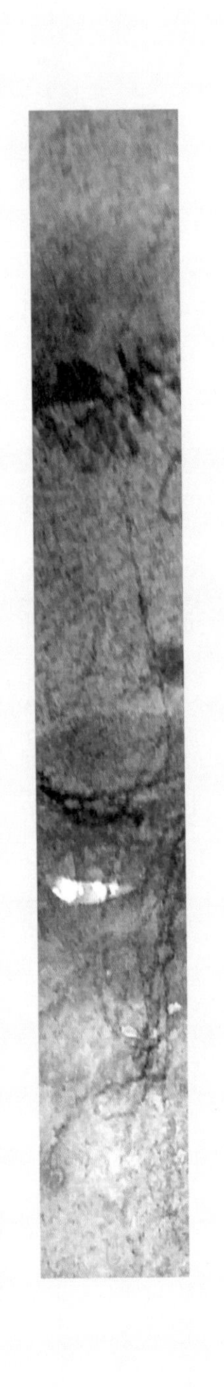

PART 3

그럼에도 살아갈 이유가 있다

그럼에도 살아갈 이유가 있다

오늘은 내일 있을 행사 준비에 온종일 바빴어. 10킬로그램이 넘는 테이블 스무 개를 동료 직원과 나, 달랑 둘이서 성북동 언덕 너머로 나르는데, 이거 사람이 할 일인가 싶더라. 둘이서 낑낑대며 세 시간을 나른 뒤 동료가 너털웃음을 지으며 말했어.

"야. 진짜 힘들다. 인생 뭐냐. 우린 왜 이렇게 사는 거냐? 뭐 하나도 쉬운 게 없어. 응? 좀 놀아본 언니! 말 좀 해봐. 인생 뭐야, 대체…."

나는 그저 웃기만 할 뿐, 한참 말없이 앉아있었어. 모든 고민에 거침없이 답해주는 나지만, '왜 살까요.'라는 질문에 답하는 건 여전히 어렵더라.

그 질문이 한참 마음에 남아 퇴근길에 곰곰이 되새겨봤어. 물론 답이 나올 리 만무했지. '나도 모르겠다.' 하고 저녁노을을 보는데 그 속에 답이 있었어.

삼수 끝에 들어간 대학에서 어느 순간 나는 아웃사이더가 되어있었어. 대부분 서울 출신에, 예고를 나온 부유한 동기들 속에서 나만 아니라는 열등감 때문이었을까, 당최 어울리지 못했어.

'나는 이렇게 죽을 듯 살듯 고생해서 겨우겨우 턱걸이로 왔는데, 지금도 이렇게 촌스럽고 후줄근한 모습인데…, 저 애들은 단번에 입학하고, 상처 하나 없이 밝고 예쁠까…. 왜 그런 것마저 다 가진 것일까.'

그들을 보는 게 너무 힘들어서 겉돌다가 도망치듯 휴학을 해버렸어. 그 애들이 졸업할 때까지. 그렇게 고향으로 돌아와서 낮에는 공공기관에서 사무 보조를 하고, 밤에는 미술학원에서 입시 강사를 했어. 늦은 나이에 입학했는데 부모님께 손 벌리지 말자, 그런 생각으로.

하지만 도망쳐온 곳에서도 어울리지 못하긴 매한가지였어. 사무 보조를 할 땐, 엑셀은커녕 한글 프로그램도 다룰 줄 몰라서 S대생이 뭐 이리 어리바리하냐는 말을 듣기 일쑤였고, 미술학원에서는 서울에서 왔다는 이유로 높은 급여를 받는 나를 다른 선생님들이 눈엣가시처럼 여겼어.

학교를 떠나와서도 하루 종일 외롭더라. 낮에는 긴장하고 밤에는 텃세를 당하다 퇴근해서 엄마 얼굴을 보면 그만두고 싶다는 말이 목 끝까지 차올랐어.

하지만 말할 수 없었어. 더 이상 도망갈 곳도 없었거든.

그렇게 울며불며 버텨서 1년 하고도 2개월이 지난 어느 여름날이었어. 그날도 우편물을 챙겨 계단을 오르다가 문득, 창밖의 노을이 눈에 한가득 들어왔어. 내 앞에 펼쳐진 그 빛은 한눈에 담기지도 않을 만큼 넓고 붉었어. 매일 지나쳤던 풍경인데도 그날은 웬일인지 넋을 잃고 바라보다가 눈물이 핑 돌더라.

너무나 아름다워서 위로가 되는, 붉디붉고 따듯한 느낌. 매일같이 보는 뻔한 노을, 별다를 거 없는 풍경이었을 텐데 힘이 났어.

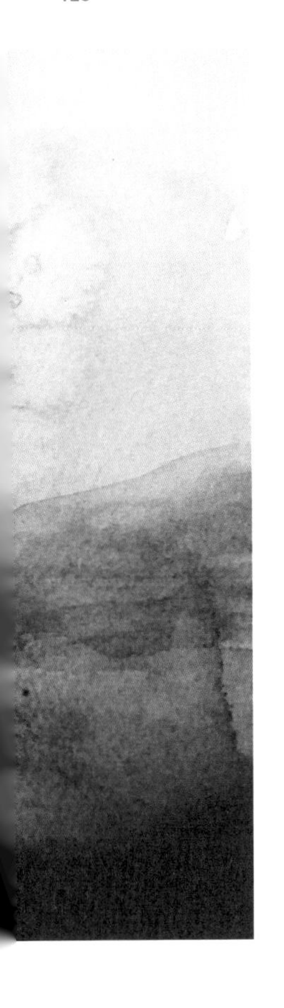

'아. 살아 있어서 이런 걸 보는구나. 이런 게 그래도 살아갈 힘이구나. 아름답게 지는 해처럼 나도, 떠날 때 아쉬움이 남는 사람이 되고 싶다.'

그 다짐으로 이 악물고 10개월을 더 지냈어.

스물다섯 겨울, 미술학원에서 마지막으로 수업하던 날, 여느 날과 다를 바 없이 학원 문을 열고 들어섰는데 백여 명의 학생들이 나를 기다리고 있었어. 학생들이 쓴 편지 한 장씩을 커다란 상자에 담아서 나에게 주더라. 학원 역사상 이렇게 많은 편지는 처음이라고 원장님이 웃으며 말하는 순간, 끝 모를 눈물이 났어.

노을 앞, 그날의 다짐처럼 떠날 때 아름다운 사람에 조금은 가까워진 것 아닐까 하는 대견함, 그렇게 떠날 수 있게 해준 모두에 대한 고마움…, 여러 감정이 뒤섞인 채 한참을 울었어.

지독하게도 나를 소외시켰던 선생님들이 말할 때는 아예 주체할 수 없이 눈물이 흐르더라.

"솔직히 처음에 너무, 싫었어요. 재수 없었고, 그만뒀으면 했어요. 근데, 가실 때쯤 되어서야 아네요. 선생님 그래도 괜찮은 사람인걸."

돌이켜보면 그 2년의 세월이 내가 가장 크게 성장한 시간이었어. 힘들다고, 외롭다고 지쳐 놓아버렸다면 느끼지 못했을 감동이 마음속 깊은 곳에 배어서 살아가는 날들의 힘이 되었거든. 힘들어 주저앉고 싶은 날에도 옷장 속 편지 상자를 열어 보면 다시 일어날 힘이 나거든.

아마도, 왜 사는지는 평생토록 해답을 못 찾을지 몰라.

하지만 나에게 저녁노을과 편지 상자가 있는 것처럼,
어쩌면 너에게도 '그럼에도 살 만한 이유'가 있을 거야.
귀를 기울이고 시선을 돌려보면 반드시, 하나쯤은.

그러니까 오늘도 울지 말고 살아가자.
너도, 그리고 나도.

우리는 모두,
언젠가 고아가 된다

렛미인 알아? 성형수술로 완전히 다른 사람을 만들어주는 프로그램. 참가자들이 안고 살아가는 다양한 고통이나 슬픔이 수술로 없어질 수 있다면 나쁘지 않다고 생각했어. 하지만 성형 후 어찌 살아가는지는 몰라서 때로 궁금하더라.

그중에서도 가장 마음에 쓰였던 건 '여자가 되고 싶은 남자' 편이었어. 수술해서 진정한 여자로 살고 싶은데 가족들 반대로 이러지도 저러지도 못하고 살아가는 이십 대 트렌스젠더 이야기. 어머니는 끝까지 성전환 수술을 반대했지만 아버지는 쓴 눈물을 삼키며 자식의 행복을 바라는 마음으로 허락했어. 그렇게 진짜 여자가 되며 해피엔딩으로 끝났지.

방송 후 4년이 흘렀는데, 어젯밤 그녀가 방송에 나오는 것을 보았어. 패션 채널도, 여성 채널도 아닌 교육방송에서. 불화를 겪는 부모와 자식이 함께 여행을 떠나 마음을 털어놓는 다큐멘터리였어.

여자가 되면 행복해질 거 같다고 했던 작고 가녀린 사람은 3년이 넘게 흘렀는데도 행복해 보이지 않았어. 오히려 대학도 못 다닐 정도로 많은 질시와 악플로 외톨이가 되었더라. 억장이 무너지는 마음으로 수술을 허락한 아버지는 더욱 불행해진 딸을 보며 자신의 선택을 천 번, 만 번 후회한다고 하염없이 울고 또 울었어.

그렇게 세상에 움츠러든 두 부녀가 떠난 여행길. 아버지는 자꾸만 걸음이 뒤처지는 딸에게 여자같이 굴지 말라며 불같이 화를 내고, 딸은 또 그런 아버지와 평행선을 달리고…. 그들의 속마음은 이렇더라.

"정말 특수부대 요원보다 더 독하게 마음먹고 살아야 해요. 그래야 살아갈 수 있어요. 그런데 자꾸만 약해지니까 나는 그걸 못 보겠어."

"왜 이것도 이해 못 해주는데! 가족인데 왜 인정 안 해주는데! 내가 원해서 이렇게 태어난 거 아니잖아. 알잖아!"

그렇게 엇갈리기만 했던 두 사람은 여행이 끝나갈 때쯤 조금씩 마주보기 시작했어. 방송이라 화해하는 것으로 연출된 것은 아닐까, 4년 전처럼, 방송 때문에 그들이 더욱 아파지는 건 아닐까 걱정하던 찰나, 마지막 장면에서 나는 가슴이 먹먹해졌어. 크나큰 폭포수 앞에서 눈물범벅이 되어 울부짖듯 외치는 아버지 목소리에 진심이 보이더라.

"어머니! 죄송합니다! 제가 죄가 많아서 내 새끼가 이렇게 태어났습니다! 하지만 나는, 내 아이 이해하렵니다! 어머니! 용서해주세요!"

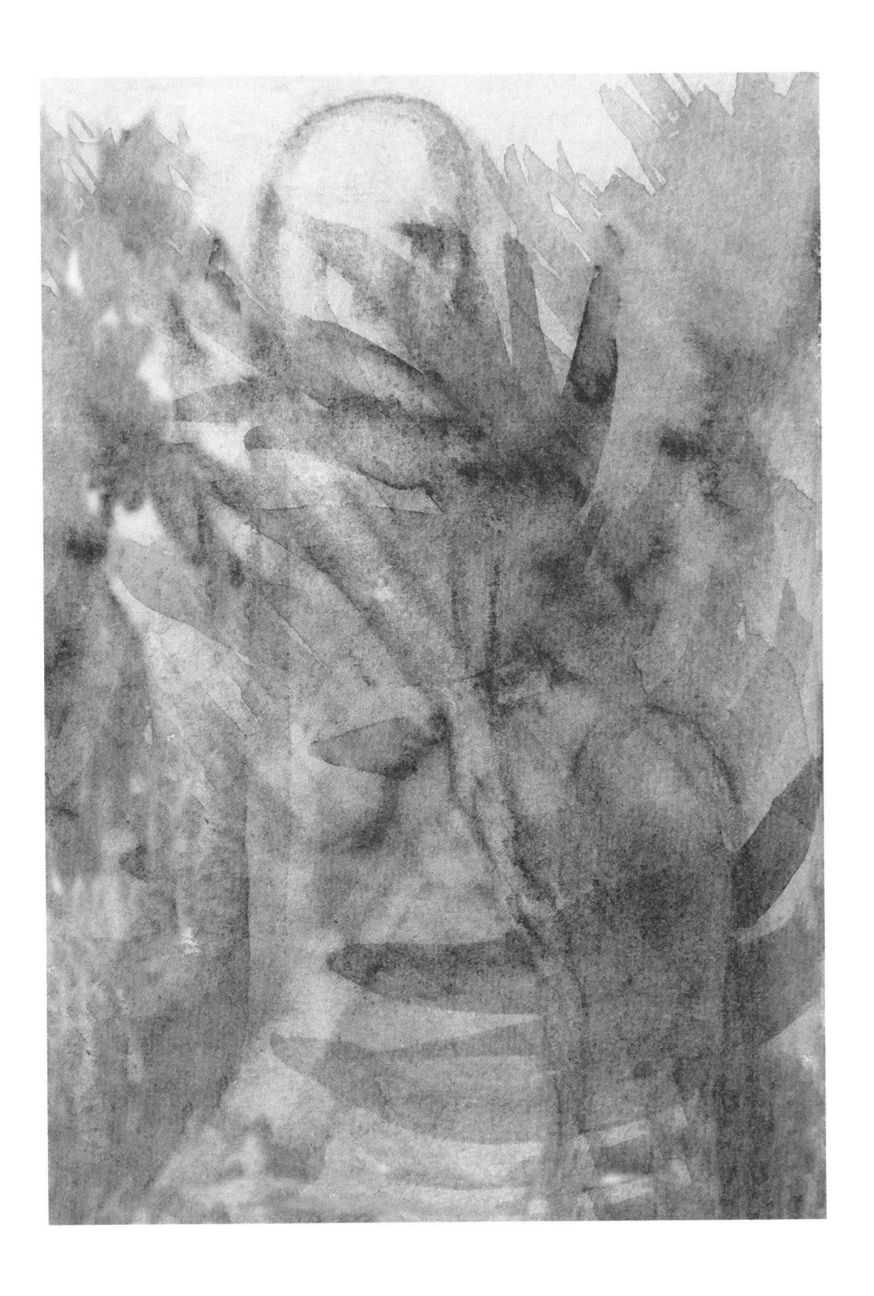

자식의 아픔과 고통을 바라보며 포옹 대신 호통을 치고 딸의 간절한 외침을 못 들은 척했지만 다 자기 잘못이라고, 가슴속 깊숙한 미안함을 토로하는 모습을 보며 한동안 울 수밖에 없었어.

있잖아, 살다 보면 가끔은 그런 생각이 들 거야.

"내가 이 모양 이 꼴이라서."
"왜 나는 남들처럼 부유하지 않아서."
"난 왜. 나만 왜."

그래, 그럴 수 있어. 세상 모든 고통이 자석처럼 나를 따라다니는 것 같은 날엔 누구라도 그럴 수 있어. 나도 그럴 때 있는걸.

하지만 이것만은 잊지 않았으면 해. 어느 누구의 잘못도 아니라는 거. 울고 몸부림치며 힘든 시간을 보내고 감정의 요동이 다 끝날 때쯤 그 뒤에는 항상 내 괴로움을 두 배, 세 배 더 느끼며 쓰디쓴 눈물을 삼키는 누군가가 있다는 거.

우리, 그들의 손을 더 늦기 전에 잡아드리자.
'늦든 빠르든 우리는 언젠가 고아가 된다.'는 누군가의 말에서
자유로울 수 있는 사람은 아무도 없으니까.

바람 스치듯 지난 뒤에야 알게 된 것들

오늘은 전 직장 동료들을 만났어. 같이 점심 먹고 차 마시면서 소소한 얘기를 나누다 보니 옛날 그 시절로 돌아간 기분이지 뭐야. 오랜만에 파리 컬렉션이며 뉴욕 컬렉션이며 패션쇼 이야기들에 패션 피플이 된 듯한 기분에 흠뻑 취했지. 그러다가 문득 이런 이야길 들었어.

“네가 6개월만 더 있다 나갔으면 좋았을걸. 너 나가고 우리 주식 재상장 했잖아. 그거 있었음 너도 좀 더 나았을 텐데.”

내가 퇴사하고 얼마 지나지 않아 주식을 재상장했는데, 사내 공모에 참여한 직원들은 수익이 어마어마했다고. 그걸 챙겨 퇴사한 사람들은 대학원도 가고 창업도 한다나. 나도 사람인지라 어쩔 수 없이 침이 꼴깍 삼켜지더라.

사무실로 돌아오는 길에 곰곰이 생각해봤어. 억대의 돈을 들고 퇴사했다면 나는 지금쯤 무얼 하고 있었을까.

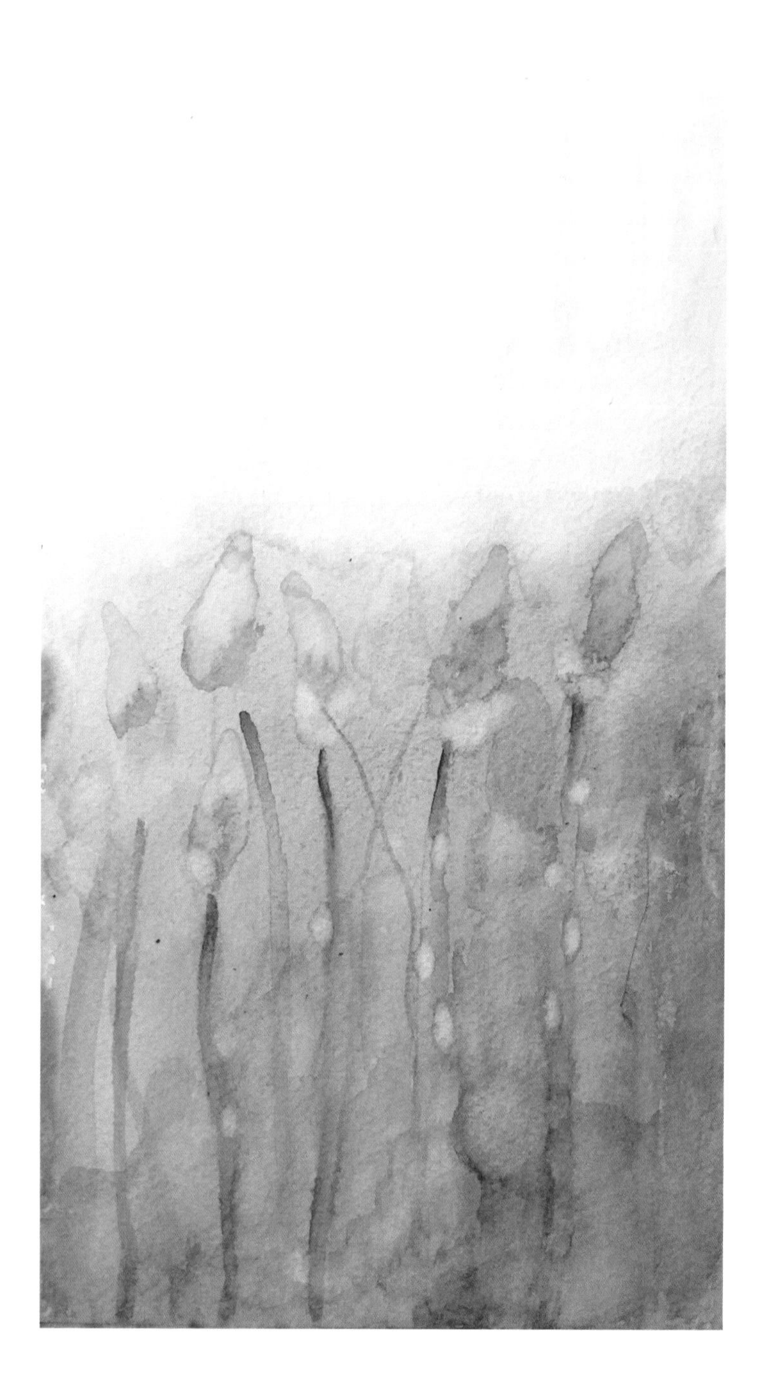

아마 대학원에서 학생의 기분을 다시금 만끽했겠지. 유럽 어딘가의 미술학교에 다닐지도 모르고. 지금 하는 일을 시작하려는 생각은 절대 들지 않았을 거야.

문득 궁금해졌어. 만약, 사표를 쓰던 그때도 이 사실을 알았다면 나는 6개월을, 1년을 더 다녔을까? 답은 생각보다 금방 나왔어. 아마, 그러지 않았을 거라고.

'돈'이 주는 만족감이 결코 나를 채우지 못한다는 걸 그곳을 나오기로 결심했을 때 이미 알고 있었으니까.

이해인 수녀님의 말 중에 항상 마음에 품고 다니는 한마디가 있어.

"꽃이 지고 나면 비로소 잎이 보이듯이."

지난 시절에 주어진 '재물'이라는 꽃을 바람 스치듯 져버린 지금에서야 비로소 내 마음에 작지만 단단한 자존감의 이파리가 자랐어. 지나간 날의 선택을 후회하지 않는 건 그 믿음 때문이야.

1년을 버텨야 얻을 수 있는 1억의 돈보다 글을 쓰며 얻은 깨달음이 내 삶에 더 깊은 자양분이 되었다는 믿음. 세상 속에서 나를 바로 세우는 버팀목이 되어줄 거라는 믿음. 꽃이 진 자리에 언젠가는 또다시 더 큰 꽃이 피어난다는 믿음.

오늘도 아주 조금씩 더 나다워지고 있다는 믿음.

제2의 인생 맛집

새로 이사 온 동네엔 작지만 맛 좋은 음식점이 많아서 참 좋아. 그런데 한동안은 오히려 맛집이 너무 많아서 힘들더라. 한참을 고민하며 뱅뱅 돌아도 결정하기 쉽지 않았거든.

지난 주말, 목욕을 마치고 돌아오는 길에도 그랬어. 목욕 후라 그런가, 괜스레 더 맛있는 걸 먹고 싶어서 뱅뱅 돌기를 20분. 너무 허기가 져서 '에라 모르겠다, 아무 데나 가자.' 하고 들어선 곳은 아주 작은 오니기리 집이었어. 의자라곤 달랑 다섯 개, 그마저도 부대끼는 작디작은 가게.

나이 지긋한 내외분이 식당을 하고 계셨어. 딴 데로 고개 돌릴 곳도 없이 너무 작은 공간이라 그들이 요리하고 있는 모습을 무심히 봤어. 열심히 만들고 있지만, 뭔가 어설픈 손놀림을 보니 알겠더라.

'아, 원래 식당 하시던 분들이 아니구나.'

말수가 없고, 계산도 서툰 모습들을 보니 아마도 퇴직금으로 조그마하게 차려서 두 번째 인생을 시작하는 느낌이었어. 조심스레 말을 건넸어.

"이 가게 처음 보네요? 얼마 안 되셨나 봐요?"
"아, 두 달 됐어요."
"원래 사업을 하셨었어요?"
"아니요. 공기업 다니다가, 얼마 전에 차렸어요."

이런저런 대화를 나누다가 문득 6년 전 아빠가 떠올랐어. 30년을 내리 직장인으로만 살아온 아빠가 어느 날 갑자기 펜션을 하고 싶다셨어. 나와 동생은 펄쩍 뛰었지.

"아빠! 우리 가족이 장사? 에이, 안돼요."
"맞아요. 장사는 할 사람이 따로 있대요."

평생 펜만 잡고 살아왔던 아빠, 취미라곤 독서와 화초 가꾸기뿐인 수줍은 아빠가 펜션이라니, 얼토당토않다고 생각했어. 퇴직 광풍으로 벼랑 끝에 서 계셨다는 건, 한참이 지나서야 알게 되었거든.

생각에 잠겨 멍하니 있다 보니 어느샌가 내 앞에 라면이 놓여있었어. 제대로 일본 요리를 배워본 적도 없었을 서툰 솜씨의 라면.

그런데 이상하지. 맛있더라? 특이한 맛, 놀라운 맛은 아니었지만 지금껏 그가 살아온 날들처럼 열심히, 순리대로 만든 것이 느껴지는 맛. 뭐랄까, 성실한 맛이었어.

아빠 생각에, 맛있다고 호들갑을 떠는 나에게 연신 고맙다며 웃으시는 두 분을 보면서 두 번째 인생을 시작한 사장님의 저 웃음을 지켜드리고 싶다는 생각이 들었어. 내 아버지의 미래, 언젠가는 나의 미래일 것 같았거든.

다음날부터 동네 맛집을 샅샅이 돌며 세상에 딱 하나뿐인 나만의 맛집 리스트를 만들었어. 이름이 뭔 줄 알아?

'퇴직한 아버님들의 제2의 인생 맛집'

앞으로는 뭘 먹을까 정해지지 않을 때 고민하지 않아도 돼. 제2의 인생 맛집을 찾아갈 테니까.

언제까지고 그분들이 자리를 지켜주길 바라는
그런, 마음으로.

여전히,

나

나는 어릴 적부터 영화관 가는 걸 싫어했어. 약간 폐소공포증처럼, 내가 다른 행동을 할 수 없는 제약된 공간에서 원하든 원치 않든 감독이 정해놓은 결말까지 봐야 하는 게 꽤 두려웠어.

그런 내가 정말 오랜만에 영화를 내 손으로 골라 보게 됐어. 출장길에 비행기를 탔는데, 이륙이 자꾸만 지연되는 바람에 기내에서 자도 자도 할 일이 없었거든.

무얼 볼까, 한참을 고민하다가 어렵사리 고른 영화는 줄리앤 무어 주연의 〈스틸 앨리스〉라는 작품이었어. 영화 소개에 적힌 몇 줄의 글이 내 마음을 확 잡아끌더라.

'다정한 남편, 잘 큰 세 아이. 뛰어난 커리어를 가진 대학 교수, 앨리스. 어느 날 그녀는 단어, 이름, 약속을 기억하지 못하는 자기 자신을 발견하는데….'

사실, 주인공 앨리스는 너무 뻔한 캐릭터야. 대학교 언어학과 교수로 누구보다 멋지게 살아온 완벽한 여자. 로스쿨에 다니는 딸과 의사인 아들, 연기자를 꿈꾸는 막내딸이 있고, 결혼 30년이 지나도 여전히 진심을 담아 키스해주는 멋진 남편까지. 우리 인생에선 없을 것만 같은 그런 화려함이라니…. 그녀의 삶은 완벽하다 못해 비현실적이었어.

그렇게 완벽했던 그녀가 50세 생일에 갑자기 쉬운 단어도 기억나지 않았어. 조발성 알츠하이머라는 조금 생소한 병에 걸린 거야. 남들보다 일찍 온 치매였지. 똑똑한 사람일수록 진행 속도가 빠르다는 주치의 말대로, 그녀는 자신이 가진 많은 것들을 빠르게 잊기 시작했어.

강단에 서서 누구보다 화려하게 언어에 대해 말하던 여자가 '칠면조'라는 단어를 말하지 못하고, 화장실 위치를 잊고 헤매다가 옷에 오줌을 싸. 평생을 다해 쌓아온 커리어, 모두가 부러워할 만한 아이들과 남편. 그 모든 것들을 여자는 속수무책으로 잊어갔어.

몇 번은 관객을 울리고도 남았을 소재였는데, 영화는 시종일관 담담하게, 마치 다큐멘터리처럼 흘러가더라. 행복하지도, 슬프지도 않은 결말이었어. 그런데도 엔딩크레딧이 모두 올라갈 때까지 눈을 떼지 못하고 한참을 보고 있었어.

그녀의 병이 갑자기 나아서 모두가 행복했다면 '뭐 이딴 영화가 다 있어.'라며 실컷 비웃어버렸을 거야. 눈물이 펑 터지도록 그녀가 망가졌다면 실컷 울긴 했겠지만, 바로 다음날이면 영화를 잊었을 거야.

하지만 인천공항에 도착해서도, 집에 돌아와서도 며칠이고 영화 속 그녀를 떠올릴 수밖에 없었던 건 너무도 담담한 'Still, 앨리스'였기 때문일까. 기억이 사라지고, 자신이 누군지 잊어버려도 그녀는 여전히 자기 자신이기 위해 필사적으로 애쓰고 있었어.

가끔 그런 날 없어? 밤늦게서야 지친 몸을 끌고 집에 들어가서 '아…, 원래 없었던 것처럼 사라지고 싶다.' 그런 이뤄지지 않는 바람을 안은 채 잠을 청하는 날. 근데 말이야. 사라지고 싶다는 생각, 너무 무서운 거더라. 내가 나일 수 있는 거, 어쩌면 정말 짧은 시간일지도 몰라. 매일 조금씩 내가 나일 수 없는 순간을 향해 다가가고 있는 거지. 앨리스보다 조금 천천히, 서서히 갈 뿐.

영화 말미에 앨리스가 한 말에서 오늘, 우리가 울지 않고 살아야 할 작은 이유 하나를 찾았어. 그 한마디를 건네면서, 나도 자러 갈래.

"저는 병을 앓고 있는 게 아닙니다.
그저 하나씩 잊는 법을 배울 뿐입니다.
인생은 어쩌면 하나씩 배워가듯,
하나씩 놓아가는 것의 연속인가 봅니다.
아마 전 내일 더 많은 걸 잊겠지요.
그래서 내가 할 수 있는 최선의 선택은
오늘 남은 기억을 온전히 끌어안고
이 순간을 살아가는 것입니다."

죽기 전에 후회할 것들

요즘 부쩍 책 선물을 많이 받아. 책을 냈다고 하니 아무래도 많이 읽을 거 같았나 봐. 그런데 난 말이야. 책을 그렇게 많이 읽진 않아. 그런 내가 읽은 지 몇 년이 지난 지금까지도 이따금 떠오르는 책이 있어.

《죽기 전 후회하는 21가지》

암 말기 병동 전담 의사로 30년을 살아온 글쓴이가 수천 명의 환자를 직접 만나며 쓴 책이야. 흔하디흔한 자기계발서와 다를 바 없는 내용인데도 '죽기 전 후회'라는 적나라한 제목 때문일까? 나에겐 무엇이 후회로 남을까 생각해보게 하더라.

이렇게 다섯 가지가 제일 먼저 떠올랐어.

1. 너무 많은 걱정을 하며 산 것
2. 어느 하나에 몰두해본 적 없는 것

3. 내 마음을 솔직하게 전하지 못한 것
4. 주변에서 원하는 삶을 살아온 것
5. 좀 더 도전하지 못한 것

충분히 도전하고, 원하는 삶을 살아가고 있지 않으냐고? 사실은 아직도 내가 가고 있는 길이 두려워질 때가 많아. 온전히 몰두하지 못해서 멈춰 서기도 하고, 움츠러들기도 하고 그래.

그래도 조금씩, 아주 조금씩 어설프지만 멈추지 않고 걸어가는 나에게 더 빨리 달리라는 책망 대신에 어깨를 툭툭, 쳐주려고 해. 죽기 전에 후회할 것들이 천천히, 하나씩 줄어들고 있을 테니까.

그리고 앞으로도 그럴 거라고
믿고 있으니까.

우리는 셀이 아닌, 사람입니다

오늘은 신입사원 면접을 봤어. 말끔히 정장을 차려입고 자기소개를 하는데, 준비해온 대로 안 되는지 자꾸만 버벅거리더라. 긴장된 모습의 그들에게 내가 해줄 수 있는 말이 없을까 고민하다가 생뚱맞은 말이 튀어나왔어.

"넥타이 되게 예쁘네요. 어디 거예요?"

말한 나도 피식, 어안이 벙벙하던 지원자도 피식. 웃음이 나왔어. 그래, 내가 해줄 수 있는 게 고작 이런 말 정도지 뭐. 면접이 끝나고 윗분들이 내게 어떤 친구가 괜찮더냐고 묻는데도 예전 생각이 나서 우물쭈물했어.

패션 회사에 다니던 시절에 내가 한 일은 채용이었어. 누군가를 '뽑는 일'이 아니라 '떨어트리는 일'에 가까웠지.

높디높은 성벽의 수문장이 되어 탈락자들의 이름을 엑셀시트에서 지우면서 '언젠가는 이 일이 익숙해지겠지. 그러면 덜 힘들겠지.' 생각했지만 아무리 지우고 지워도, 시간이 흘러도 달라지지 않았어.

내 눈에 비친 그들은 한 명의 사람이었지 셀 한 칸이 아니었거든.

'아…, 이 친구는 이렇게 살았구나. 이곳에서 떨어지면 또 어디를 갈까. 언젠가는 꼭 취업해야 할 텐데….'

이름과 학교, 나이와 취미를 보면 그런 생각들이 자꾸만 드는데, 애써 무시하며 셀을 지워내는 건 너무나 고역이었지. 가끔은 탈락자들이 전화를 걸어와 왜 떨어졌는지 궁금하다며 울음 섞인 목소리로 사정할 때는 한참을 먹먹해 했어.

그 먹먹함이 우울증으로 바뀌고 더는 못 견딜 즈음에 퇴사한 거야. 누군가의 삶을 결정짓기엔 내가 너무나 유약했던 걸지도 몰라.

오늘도 많은 친구들이 그저 '지워진 셀'이 되어, 어딘가를 헤매게 되겠지. 이제 내가 해줄 수 있는 건, 작은 위로의 말을 건네는 것뿐이겠지만 그것만이라도 나는 계속할래.

우리가 어딘가에서 엑셀시트 속 한 줄로 지워지더라도
우리의 '가치'마저 지워지지는 않는다는 걸 기억했으면 해.
한 줄, 그게 우리의 '삶'은 아니니까.

너는 네 생각만큼 아름답지 않아

나는 오늘 미칠듯한 폭염 속에 온종일 외근하느라 탈진해버렸어. 강남역부터 역삼역까지 가로수라곤 하나 없이 완전히 땡볕이더라. 택시도 잡히지 않아 총총거리며 뛰다가 '에라, 모르겠다. 늦더라도 좀 쉬어 가자.' 하며 카페에서 냉오미자차를 들이켜고 한숨을 돌렸어.

밖을 내다보니 조금만 더 가면 '그곳'이구나 싶더라. 내 가슴에 가장 깊은 상처를 남긴 5년 전 그 장소. 스물일곱, 모두에게 사랑받을 줄 알았던 오만했던 시절의 나에게 '넌 네 생각만큼 매력적이지 않아. 착각하지 마.'라 말하며 자신의 바람기를 합리화했던, 차갑고도 이기적인 아이와 이별했던 곳.

꽤 오랫동안, 나는 강남역 근처에 발도 딛지 못하고 '그 여름'의 상처에 멈춰있었어. 새로운 사람을 사랑하지도, 털어내지도 못한 채 말이야.

한없이 이별에서 허우적대던 날들을 지나 서른이 훌쩍 넘은 지금, 나는 그곳을 매일같이 출퇴근하듯 살고 있어. 새로운 사랑을 찾고, 또 다시 헤어지기도 하면서 말이야.

그때의 그 오만했지만 당당했고, 아름답지만 설익었던 시절이 모두 다 흐려졌다고 믿고 살아가. 그러다가도 아주 가끔은 지난 사랑의 상처가 쿡, 쑤셔올 때가 있어.

그때마다 참을 수 없을 만큼
가슴이 저릿한 건, 기분 탓일까.
아니면, 그 아픔을 완전히 잊지 못하고
껍데기만 어른이 된 철부지의 한탄인 걸까.

30센티의 위로

어제는 밤새 인터넷을 뒤졌어. 부모님 모시고 여행을 가려고. 근데 비행기, 숙소, 교통편…, 모든 게 서툴러서 동생이 다 했어. 사실 나, 출장을 빼면 해외여행 경험이 딱 한 번뿐이거든.

스물여덟 겨울, 잔혹하리만큼 아프게 실연을 당하고 한 달 넘게 집 밖으로 나가지 않은 채 엉엉 울며 보내던 나를 친구들이 질질 끌고 간 오사카, 그게 내 인생 첫 해외여행이었어.

오사카 성, 노천탕, 대관람차, 작고 예쁜 료칸…. 친구들이 몇 날 며칠을 고민해서 짠 코스를 따라다녀도 기분은 좀처럼 나아질 줄을 몰랐어. 친구들이 걱정할까 봐 일부러 밝은 척하느라 지치기만 더할 뿐, 마음은 여전히 헤어진 그 날에 머물러있었지.

그렇게 여행 마지막 밤이 왔어. 친구들이 모두 잠든 밤, 혼자 마루에 걸터앉아서 불 꺼진 새까만 정원을 물끄러미 바라보며 생각했어.

'역시나 여행, 별것 없구나. 내게 아무것도 준 게 없구나.'

20분쯤 지났을까. 동공이 어둠에 적응하자 그 속에서 작은 물체들이 보였어. 작은 돌과 화분들 사이에 손바닥만 한 물체가 어른거렸어.

'고양이인가? 너무 오랫동안 움직이지 않는데?'

천천히 그 앞으로 걸어가서 쭈그리고 앉았어. 이게 뭐지, 하고 빤히 바라보다 눈이 마주쳤어.

그건, 아주 작은 불상이었어. 정원 모퉁이, 아무도 거기 있는지도 모를 만한 곳에 삼십 센티미터나 될까 싶은 작디작은 불상. 그 꼬마 부처님이 분명히 나를 향하여 말하고 있었어.

'괜찮아. 괜찮아.'라고….

겨울 추위도 잊고 쭈그리고 앉아 한참을 바라봤어. 눈물이 날 줄 알았는데 웃음이 나더라. 한 시간도 넘게 괜찮다고 부처님은 쉬지 않고 내게 말해줬어.

그날 이후로 가장 기억 남는 여행지를 물으면 지금도 말해. 하룻밤에 6천 엔짜리 이름 모를 오사카 료칸 마당이었다고. 스물여덟 인생에 가장 깊게 베었던 상처를 온전히 치유해준 곳이라고. 새까만 어둠 속에도 혼자만의 시간 속에도 따듯한 위로가 존재할 수 있음을, 치유될 수 있음을 깨닫게 해준, 그래서 살아갈 날들을 조금은 덜 두렵게 도와준 그 작은 마당이었다고.

단지
계획이었으니까

영화 〈플랜맨〉 봤어? 정재영이랑 한지민이 나온 건데 분초 단위로 계획을 세워서 그대로 해야만 하는 사람, 그야말로 '플랜맨'이 주인공이야.

그 영활 보면서 주인공이 나 같다고 생각했어. 분초까지는 아니지만, 나도 날마다, 주마다, 달마다 계획을 세워놓지 않으면 불안해지거든. 플랜맨 정재영이 계획 없이 사는 여자 한지민 때문에 그날의 계획이 다 틀어져 버리면서 "뭐 저런 여자가 다 있어!" 하고 버럭 화를 내는데, 그 모습은 또 어쩜 그렇게 나랑 똑 닮았는지….

계획이 틀어지면 얼굴이 벌게지는 나. 틀어진 상황대로 또다시 계획을 짜는 나. 그러면서 허공에 분노를 표출하는 나와 똑같더라고.

계획이 도대체 뭐길래, 나의 하루에 정작 '나'는 없어지고 '계획'만 남은 것일까.

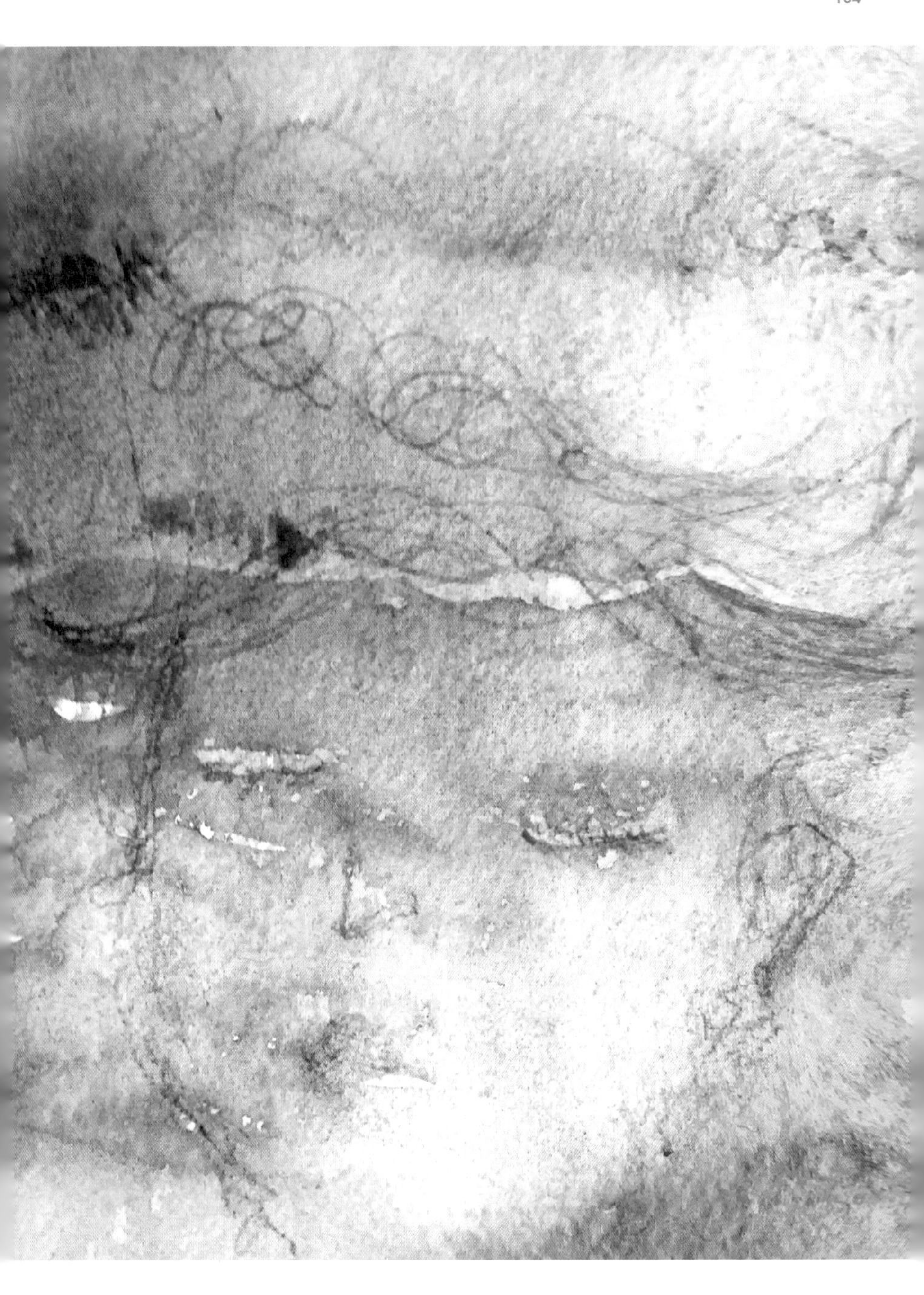

사전에서 '계획'이란 단어를 찾아봤더니 '앞으로 할 일의 절차, 방법, 규모 따위를 미리 헤아려 작정함.'이더라. 미리 헤아린다…, 헤아린다는 건 '짐작'에 가까운 거잖아. 당연히 변경될 수 있을 텐데, 우린 어쩌면 계획과 목표란 단어를 혼동하고 있는 건 아닐까?

깨달아봤자 도로아미타불. 오늘도 예정된 날짜에 입금해주지 않는 거래처에 욱하는 마음이 들더라.

나 자신에게 속삭였어.

'그만 진정하자. 그건 계획이니까. 단지 계획이었으니까. 입금이 되든 안 되든, 내 삶을 뒤흔들 수 없으니까.'

우리, 계획대로 일이 되지 않더라도
분노는 조금 아껴두자.
'계획'은 죄가 없으니 조금은 관대해지자.
쉽지 않겠지만 그렇게 해보자.
우리의 무탈한 '오늘'을 위해서.

기다려줘,
더 깊어질 수 있게

밤 열한 시가 넘은 시간에 택시를 타고 나를 찾아온 고향 동생. 얼굴엔 수심이 가득한 채 땅이 꺼져라, 30분을 한숨만 쉬더라. 벌게진 동공을 어디 둘 줄 모르던 녀석이 한참 만에 입을 뗐어.

"그냥 변명인 거지? 갠 그냥, 내가 별로인 거 맞지? 나 마음 접어야 돼지?"

방금 썸녀에게 고백하고 오는 길이었다더라. 몇 번의 데이트에 성공한 후에 이젠 됐다 싶어서 용기를 냈대. 그런데 웬걸, 그녀가 기다려달라고 했대.

이십 대에는 칠봉이처럼 인기 폭발 '체대 오빠'였던 녀석, 지금도 인기 만점 수영 강사인 녀석이 항상 고백만 받아오다가 서른 평생 처음으로 먼저 고백을 했어. 인생 첫 고백에 기다려달라는 말을 듣고는 무슨 뜻인지 도저히 모르겠다며 '멘붕'이 와버린 거지.

“몇 번이나 이별을 겪고 나면, 다시 누군가에게 마음을 열기 참 어려워져. 하지만 그게 반드시 덜 좋아한다는 뜻은 아니야.”

졸린 눈을 비비며 30분 넘게 설명을 해줘도 여전히 그 녀석 표정은 모르겠다는 표정이었어. 힘껏 머리를 쥐어박고 말했어.

"서른 넘은 놈이 이해력이 왜 이렇게 모자라. 3주만 기다려봐, 임마! 기다린다는 말뜻, 몰라? 암마. 넌 왜 모든 사람이 네 템포에 맞춰줄 거로 생각해?"

나에게 잔뜩 혼이 나서는 어깨를 움츠린 채 집으로 돌아가던 거구의 뒷모습이 답답하면서도 얼마나 마음이 짠했는지…. 받는 사랑에만 익숙하던 녀석이 서른 넘어서야 풋사랑을 하고 있구나, 한참을 어미 새처럼 바라보고 있었어.

혹시 너도 그 녀석처럼 기다려달라는 말에 조바심내고 있는 건 아니니? 너를 덜 좋아하는 거라고 생각하고 있어? 네가 고백을 결심하기까지 너만의 시간과 속도가 있었듯, 준비 없이 고백을 마주한 상대도 용기를 낼 수 있게, 시간을 줘.

'기다림'이라는 미세한 떨림을 지나는 시간이
지난하고 힘겹겠지만,
분명 그 시간은 다가올 사랑을 더 짙게 해주고,
그만큼 깊어진 그 사람을 마주할 수 있을 테니까.

3주의 기다림 끝에 연애를 시작하고 연신 싱글벙글하고 있는, 그날 밤의 울보 체대 오빠처럼 말이야.

아픔에도 유통기한이 있는 걸

오늘은 글을 쓰려는데 아무런 생각이 나지 않았어. 평소에 쓰고 싶은 걸 메모해두곤 해서 글감이 항상 넉넉한데, 오늘은 그 많은 글감 중에서 어떤 것도 눈에 들어오지 않았어. 글감을 빼곡히 메모장에 쓸 땐 분명 '와우! 이거야! 좋다!' 했을 텐데 내가 쓴 거 맞나 싶을 정도로 공감도 안 되더라니까.

우울하면 우울하다고 쓰면 되고 기쁘면 기쁘다 쓰면 되는데 오늘의 기분은 뭐랄까, 맨숭맨숭한 흰 두부 같은 상태? 좋지도 나쁘지도 우울하지도 기쁘지도 않고 그냥 아무 생각이 없었어. 그러다 보니 종이 한 장이 어찌나 넓고 광활해 보이던지.

예전에 나는 무슨 생각을 하고 살았나, 무슨 흔적을 남겼나 하릴없이 SNS를 켜서 살펴보는데 지난봄에 이런 말이 써놨더라.

'오늘은 나에게도 좀 놀아본 언니가 필요한 날. 그래, 나에게도 이런 날은 있는 거겠지.'

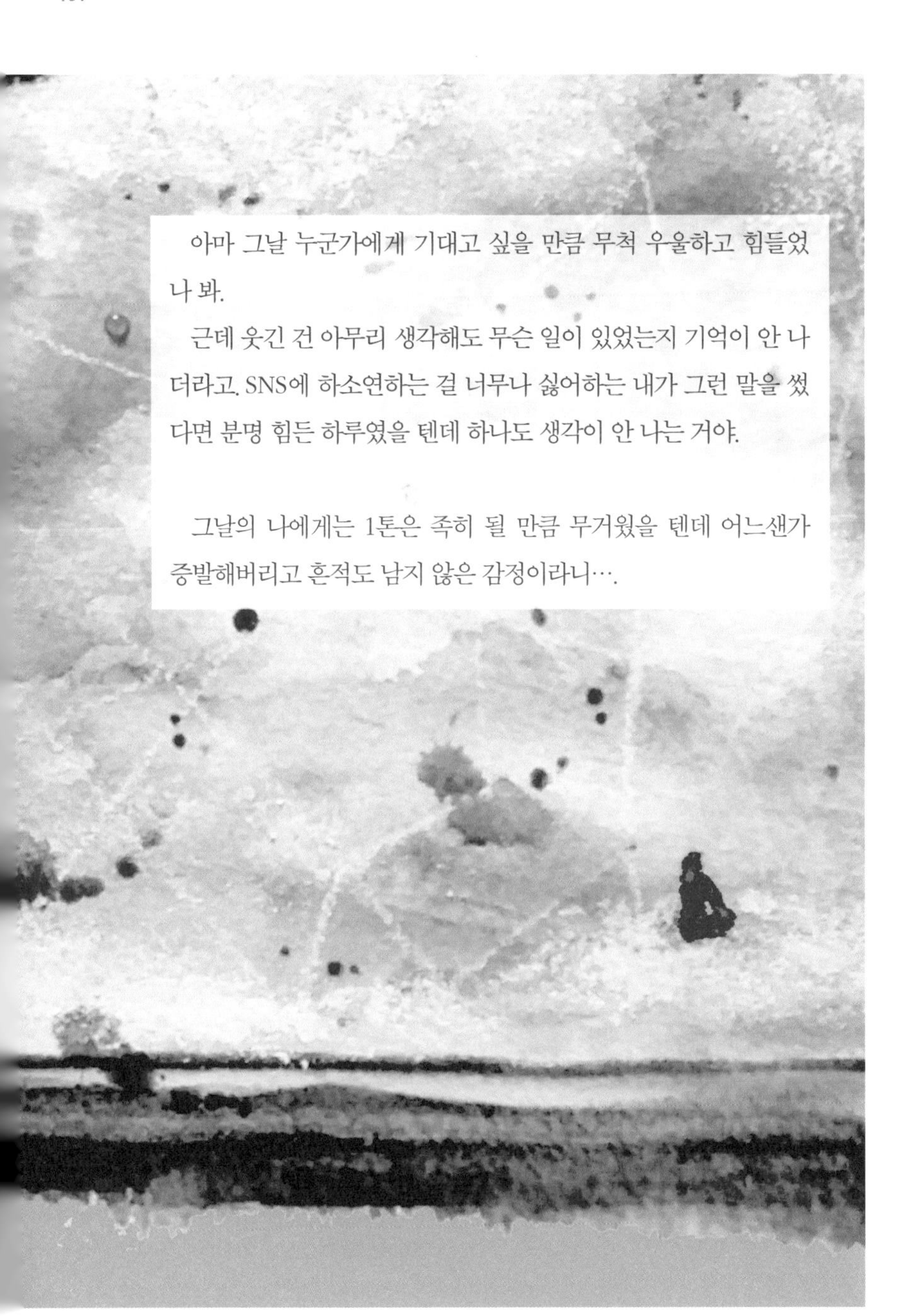

아마 그날 누군가에게 기대고 싶을 만큼 무척 우울하고 힘들었나 봐.

근데 웃긴 건 아무리 생각해도 무슨 일이 있었는지 기억이 안 나더라고. SNS에 하소연하는 걸 너무나 싫어하는 내가 그런 말을 썼다면 분명 힘든 하루였을 텐데 하나도 생각이 안 나는 거야.

그날의 나에게는 1톤은 족히 될 만큼 무거웠을 텐데 어느샌가 증발해버리고 흔적도 남지 않은 감정이라니….

아픔이란 게 뭘까? 급체나 위경련이 오거나, 발길질을 당하거나 배가 아픈 건 모두 마찬가지잖아. 아픈 순간에는 너무나 괴롭지. 그런데 아픔이 기억되는 시간은 너무도 다르잖아? 10초 바짝 느껴지고 사라지는 고통이 있는가 하면 며칠은 고생해야 할 통증도 있고, 아니면 평생 짊어지고 가야 할 지병도 있고 말이야. 지속성은 다르지만 통증을 느끼는 순간엔 그것이 무엇이든 참 아프지.

3월 어느 날의 아픔은 과식으로 인한 복통, 딱 그 정도였을 거야. 한 번 체했다고 앞날을 걱정하는 사람이 없듯, 순간엔 너무 아파도 시간이 지나면 절대로 기억하지 못하는 그런 정도의 아픔….

그러니 앞으로 아픔의 순간이 오더라도
이 고통이 영원할까 미리 겁먹는 바보 같은 생각은
접어두려고.

오늘도 아파하며 잠 못 드는 너에게 이 말을 꼭 해주고 싶었어.
지난봄, 이젠 기억도 나지 않는 그 날의 내 모습을 닮은 너에게.

오늘의 궁상은 여기까지만

퇴근 무렵엔 다리 하나 끌기가 무거워서 '저 언덕의 편의점까지만 걷자. 저 정류장 앞 마트까지만 걷자.' 하고 억지로 나를 끌고 가게 되더라.

편의점은 왜 이리도 많이 보이는지…. 종종거리며 달려가는 출근길엔 거기에 있었는지조차 모르겠더니 GS마트에서 한 번, CU에서 한 번 쉬어가다가 마지막 세븐일레븐에서 기어이 문을 열고 들어섰어.

살 것도 없으면서 몇 바퀴고 뱅뱅 돌다 집은 건 어젯밤에도, 그제 밤에도 마셨던 맥주 한 캔. 고작 그것. 한 손에 차가운 맥주를 움켜쥐고 재빨리 편의점을 빠져나왔어. 사무실을 닮은 밝고 환한 형광등 불빛이 싫었거든.

공원에 걸터앉아 한 모금씩, 한 모금씩 천천히 달팽이처럼, 나무늘보처럼 마시면서 생각했어.

'이것만 다 마시고 걸어야지. 캔만 버리고 걸어야지.'

그토록 가기 싫은 회사로 향할 땐 치타처럼 급하게도 뛰어나가면서, 어떻게든 빨리 돌아가고 싶던 집 앞에 거의 다 왔는데 이렇게 느리게 걷고 있는 걸 보면, 참 웃기지.

그게 말이야. 집에 가면 또 자야 하니까. 자고 나면 또 치타처럼 내일을 달려야 하니까 그래. 그게 싫어서 나는 민달팽이처럼 맥주 캔을 껍질 삼아 헤매고 있었어.

집은, 정말로 나의 집일까. 어쩌면 내 집은 사무실 아닐까. 따듯한 이불이니, 베개니 하는 건 그저 잠깐 멈췄다 가는 휴게소 같은 건 아닐까. 이런저런 생각 끝에 어느새 마시는 줄도 몰랐던 맥주 캔이 텅 비었어.

그래, 오늘의 궁상은 딱 여기까지만 해야지.

딱 한 캔의 맥주만큼만.

내일 아침엔 치타가 되어 달려야 할 테니,
저녁엔 또 집을 찾는 민달팽이로 헤매야 할 테니….
생이 계속된다면, 언제까지고.

Love
Me

촛불 하나가 될 수 있기를

모처럼 일찍 퇴근해서 동네 산책을 했어. 여기저기 살펴보던 내 눈을 사로잡은 건 코인 노래방! 추억에 젖어서 들어가 봤지 뭐야. 유행이 지나서 한산할 줄 알았는데 웬걸! 평일 저녁인데도 만석이더라.

근데 특이하게도 모든 방에 한 명씩 들어가 있었어. '야! 이 동네는 커플 오지게도 없구나!' 하며 나도 방을 잡고 들어가다가 옆 방을 보게 됐어.

한 손으로는 노래방 책을 뒤적거리며 노래를 고르고 다른 한 손에는 이삭토스트를 들고 이른 저녁 식사 중인, 아마도 고시생인 듯한 어린 친구가 있었어.

삼수생 때의 내 모습이 어찌나 오버랩되던지…. 스물한 살 때, 내가 딱 그랬거든.

하루에 열두 시간씩 그림 그리던 시절, 미술학원에 삼수생이라곤 나 혼자뿐이어서 어지간히도 뻘쭘했던 그때, 저녁 시간이 되면 재빨리 학원에서 나와서 칼로리바란스 하나 사 들고 코인 노래방에 들어갔어. 혼자 밥 먹기 싫고 외로웠거든. 다들 대학생이 됐는데, 혼자만 그러고 있는 게 부끄러웠고….

그때 부르던 노래는 매번 비슷했어. 임재범의 〈비상〉, 황규영의 〈나는 문제 없어〉, 지오디의 〈촛불 하나〉

나도 언젠가 할 수 있고, 세상에 나가서 보여줄 거고, 당당해질 거다. 뭐 그런 가사의 노래들 말이야. 사실은 노래를 부른다기보단, 나 자신을 달래려는 몸짓 같은 거였지.

그 추억의 코인 노래방이 다시 하나씩 생겨난다는데 뭐랄까…, 마냥 반갑지만은 않더라. 한 시간에 15,000원 하는 노래방도 친구들과 함께 갈 여유가 없는 각박한 세상이라 다시 생기는 게 아닐까, 씁쓸하더라고.

헛헛한 마음을 품고 집으로 돌아오는 길, 그 짧은 길에만 코인 노래방이 다섯 군데가 넘더라. 왜 이리 많나 싶어 '코인 노래방' 기사를 검색해보다가 어느 노래방 사장의 인터뷰를 보고 코끝이 찡해졌어.

"코인 노래방엔 취업 준비생이 많아요. 그래서인지 우리 노래방에서 지난달 가장 많이 부른 노래는 괜찮다고, 잘 될 거라고, 실패에 굴하지 말라는 내용의 〈괜찮아〉란 노래예요. 일반 노래방에선 100위권에도 들지 못하는 노래인데 말이죠."

어린 날의 나처럼 사람을 만날 시간도, 마음껏 쓸 돈도 없는 그들에게 500원의 셀프 위로가 그나마 조금은 힘이 되었겠지. 아니, 어쩌면 노래보다는 스스로에게 '괜찮아. 잘 될 거야.'라고 소리 내어 말할 그런 공간이 필요했을지도 모르지.

하지만 언젠가 그 작은 공간에서 혼자 외치고 외쳐도 '괜찮아.'라는 말만으로는 힘에 부칠 순간이 올 것을 알기에 오늘 밤은 작은 기도를 했어.

그 순간을 마주할 지친 그들에게
선뜻 '촛불 하나'가 되어줄 수 있는
'어른'이 되게 해달라고,
그런 '언니'가 되게 해달라고.

알고 사랑하는 것, 모르고 사랑하는 것

퇴근길, 집 앞에서 종종 옆집 커플을 마주쳐. 아마 옆집엔 여자가 살고, 남자가 데려다주나 봐. 내가 옆에 서있든 말든 항상 키스에 몰두 중인 불같은 청춘들이야. 어느 날은 머리를 쓰다듬으면서 한참 서있기도 하고, 날도 더운데 끌어안고 지긋이 서로를 바라보기도 하고…. 참 불멸의 사랑이었지.

그런데 지난주 금요일은 좀 분위기가 다르더라. 남자가 집으로 들어가려고 하는 여자를 막아섰어. 땅에 시선을 떨군 채 한숨을 연신 쉬며. 물론 그날도 내가 있든 없든 신경 쓰지 않은 건 마찬가지였지. 남자가 말했어.

"그래서, 정말 후회 안 한다고?"

'아하. 이별? 세상에 그렇게 좋아죽더니.' 혀를 쯧쯧 차며 바라본 지 정확히 일주일이 지난 어젯밤. 그 애들이 다시 대문 앞에 서있더라?

언제 싸웠느냐는 듯 꼬옥 끌어안은 채로 말이야. 그렇게 서로 부둥켜안고 '난리블루스'를 치던 그들이, 한 번의 싸움으로 끝내버렸다면, '역시 빨리 익은 쇠가 빨리 닳는 것을…, 쯧쯧.' 하고 말았을 텐데 다시 만난 걸 보니 조금은 기특해 보였어.

스무 살 어린 날에는 알기 힘든 사랑의 희로애락을 그들은 하나씩 배우는 중이었어.

'관계는 언제든 깨질 수 있다.'
'아픔 없는 사랑은 없다.'
'그럼에도 우리는 또다시 사랑을 한다….'

그것을 알고 사랑하는 것과 그걸 모르고 그저 뜨겁기만 한 열정은 온도도, 지속성도 너무나 다를 수밖에 없으니까. 아마 그 한 가지를 배운 듯한 그들을 내일 다시 마주한다면, 예전처럼 이마를 찌푸리는 대신 빙그레 웃으며 지나칠 수 있을 것 같아.

아주, 당분간만. 오래는 안돼.
부러우니까.

한걸음에 1톤씩

마을버스에서 내려 오르막에 접어들면, 딱 열 걸음째 땀이 송골송골 맺혀. 그 후론 한 걸음, 한 걸음마다 1톤씩은 불어나는 기분이야. '살 빼야지.' 되뇌며 몸뚱이를 끌어올리면서 생각해.

'에베레스트 산을 오른 엄홍길 아저씨는 정말 대단하구나.'

그런데 짜증을 한층 더해주는 건 가방이야. 아침엔 분명 가벼웠는데, 작디작은 손가방이 왜 이리도 무거워진 걸까. 도시락은 비워서 왔고, 서류는 모두 사무실에 두고 왔는데, 무슨 물건이 들었길래 이렇게 무거울까.

집에 도착하자마자 가방을 패대기치듯 내려놓고 열어보면 선크림 하나, 모나미 볼펜 한 자루, 휴대폰 충전기 하나. 그것밖엔 없어. 아무것도 없어. 대체 나의 퇴근길, 양손 가득 무거웠던 내 가방엔 무엇이 담겨있었던 걸까. 나는, 무엇을 담고 걸어온 걸까.

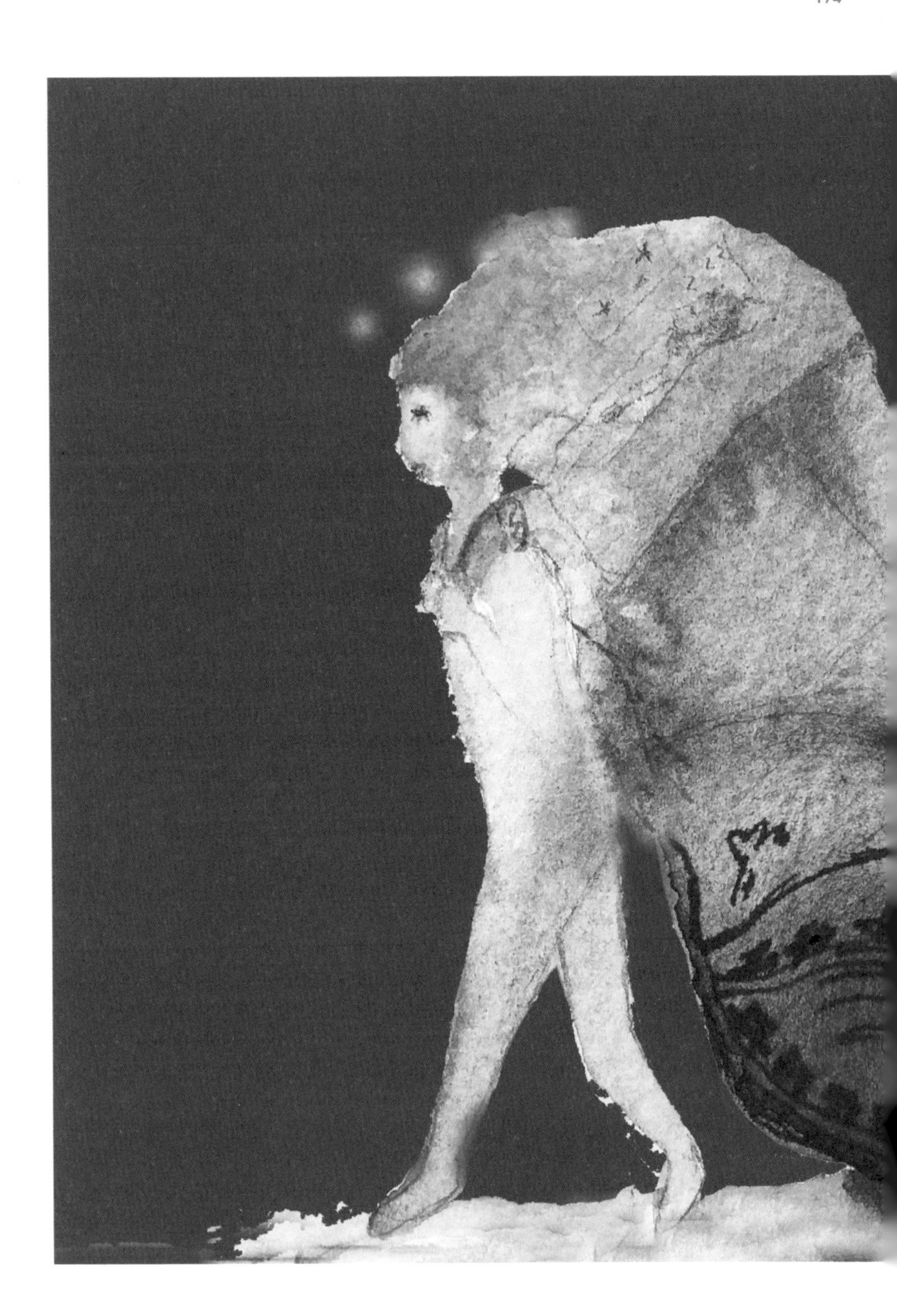

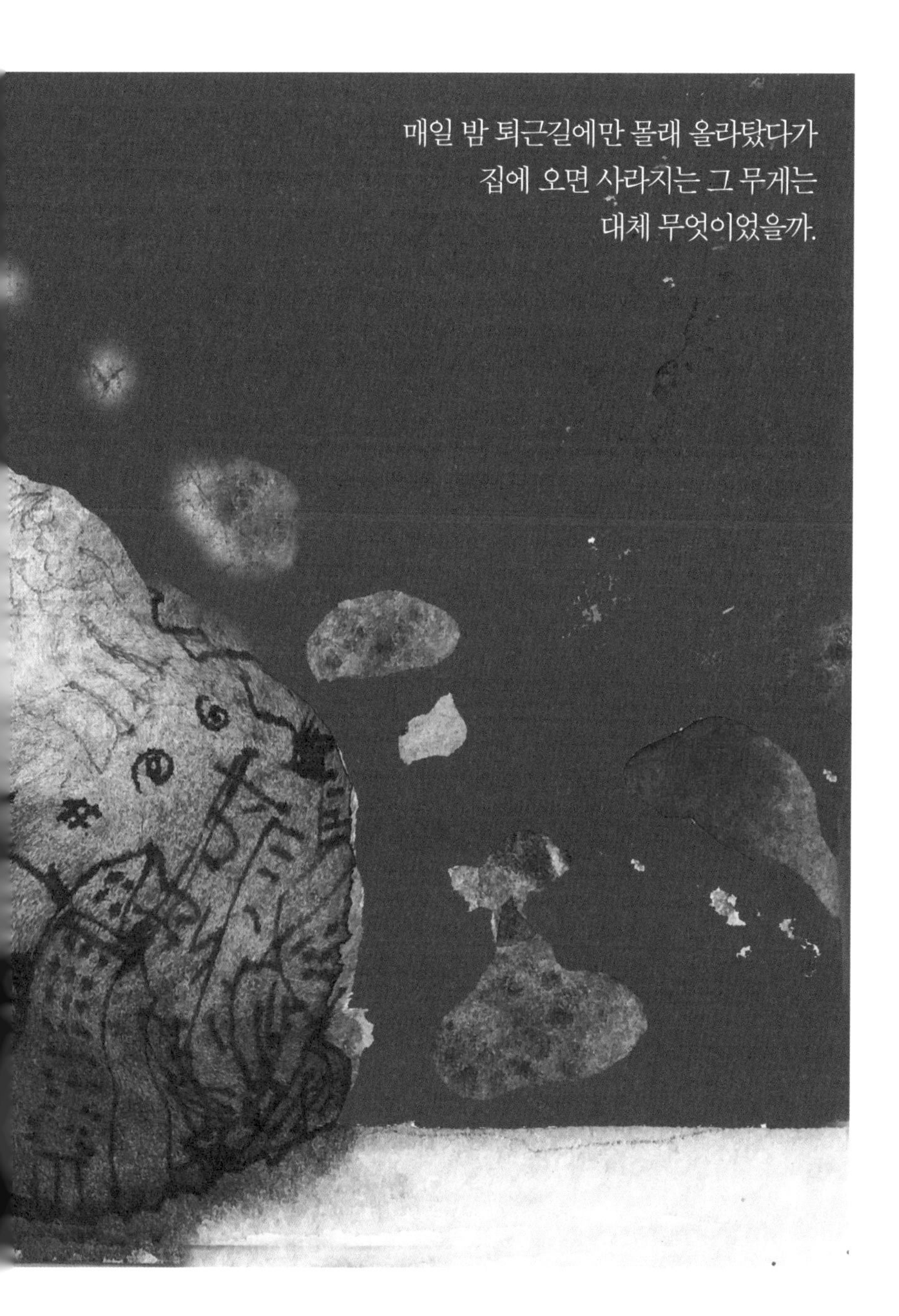
매일 밤 퇴근길에만 몰래 올라탔다가
집에 오면 사라지는 그 무게는
대체 무엇이었을까.

PART 4

앞으로도 너답게 살아

앞으로도 너답게 살아

퇴근길, 무료하게 카톡을 넘겨보던 나에게 친구가 사진을 보내왔어. 예술의 전당 앞마당에서 환하게 웃고 있는 모습이더라.

"주말에 다녀왔어. 남편이랑. 근데 네 생각이 났어. 그날 너랑 먹었던 맥주, 참 맛있었는데, 그렇지?"

이십 대의 끝자락에서 신입사원으로 처음 만난 그녀. 내 눈에 처음 비친 그녀는 개성 넘치는 패션 디자이너 무리의 중심에 있는, 다가가기 힘든 여자였어. 칠흑처럼 까만 뱅헤어, 온통 검은색으로 차려입은 시크한 옷차림, 하얀 얼굴에 새빨간 입술.

서로 한마디도 나누지 않았지만 우린 서로의 존재를 알고 있었지. 가장 수다스러운 신입사원과 가장 시크한 신입사원으로.

4주가 지난 어느 날, 그 애가 나와 대화해보고 싶었다며 먼저 손을 내밀었어.

같은 나이, 같은 동네에 산다는 것 말곤 공통점이 없다고 생각했는데 퇴근길 전철 속에서 이야기해보니 생각보다 우린 많이 닮았더라.

신입사원이라기엔 꽤 늦은 나이, 직장인이 아닌 다른 꿈을 꾸던 어린 시절, 남들보다 늦은 출발에 대한 두려움, 그래도 언젠가 내 꿈 앞에 설 거라는 믿음….

그렇게 다른 듯 닮은 우리는 서로에게 작은 버팀목이 되었어.

하지만 회사 생활을 도저히 버티지 못하고 도망치려던 어느 날, 친구에게서 전화가 왔어.

"예술의 전당 가자. 전시회 보러."

친구의 손에 이끌려 본 것은 미야자키 하야오의 만화 습작이었어. 펜으로 두어 번 쓱쓱, 색연필로 무심하게 쓱쓱 그린 연습종이 같은 스케치 속엔 정교하게 그린 풍경화보다 더 깊은 노을이, 실물처럼 그린 인물화보다 더 생동적인 사람들이 있었어. 그 앞에서 친구가 조용히 입을 열었어.

"이렇게 그리기까지 이 사람도 엄청나게 흔들렸겠지?"
"그래. 얼마나 치열하게 살았겠어."
"뭐…, 그렇지? 지금 우리처럼?"

전시장 밖으로 나오니 어느덧 노을이 졌더라.

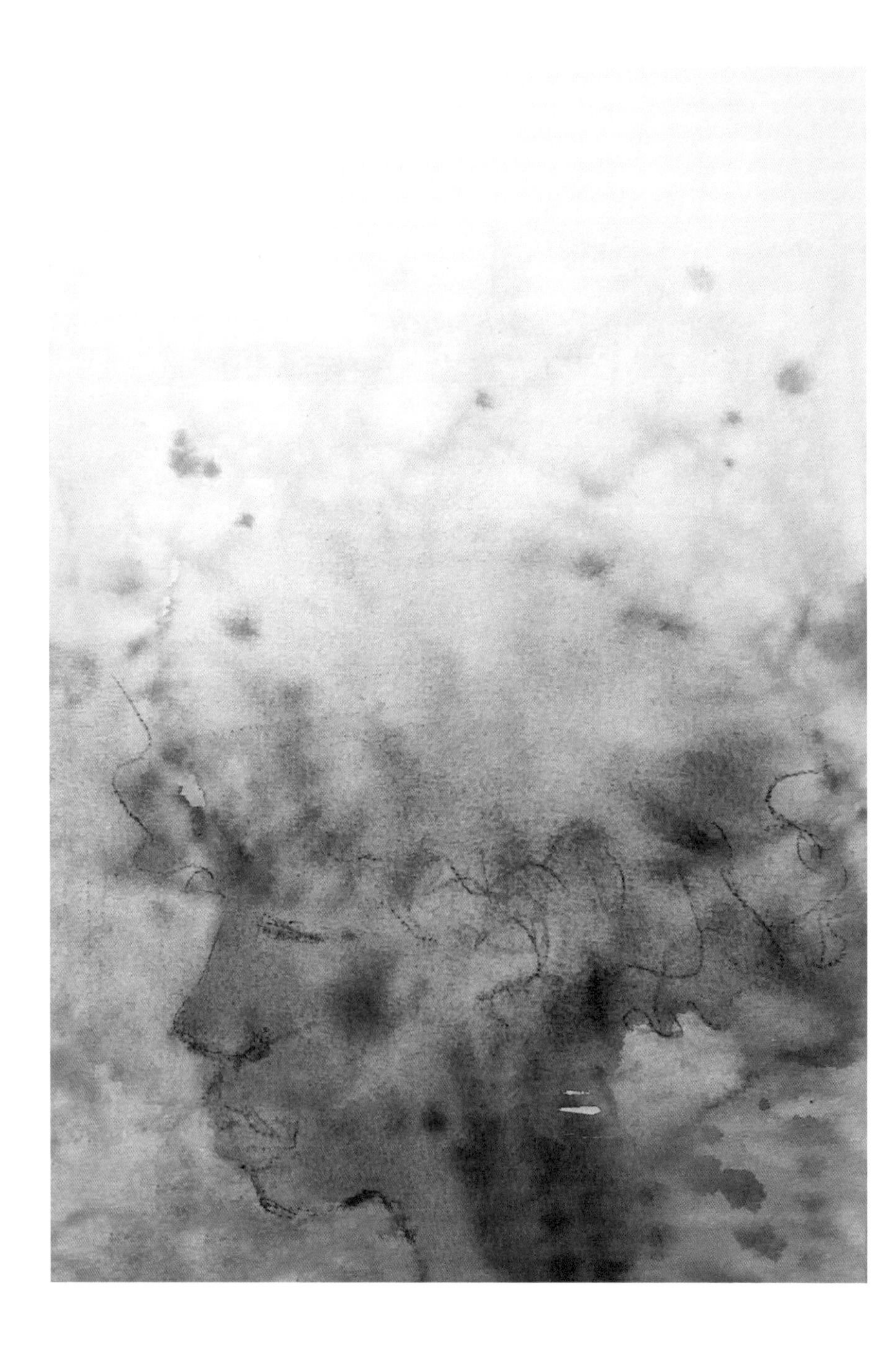

꿈이 있어 퇴사를 고심하는 청춘과 꿈 때문에 버티며 살아가는 청춘, 우리는 어느 쪽이든 괜찮다고 그저 우리의 꿈을 멈추지만 말자고 다짐하며 맥주를 들이켰어. 뜨겁게 저무는 여름의 햇빛 속에서.

얼마 지나지 않아 퇴사하고, 좀 놀아본 언니가 되기까지 겪어온 모든 쉽지 않은 순간마다 그 애는 내게 말했어.

"그날의 맥주, 참 맛있었지."

예술의 전당에 갈 때면 언제나 내가, 그리고 나와 마신 맥주가 변함없이 떠오른다는 그녀의 말. 작은 한마디지만, 그 애만이 해줄 수 있어서 더 소중한 위로일 거야. 숱하게 흔들려왔고 앞으로도 이 흔들림이 멈추지 않을 것임을 어렴풋이 알고 있는 겁많은 나에게 그날의 다짐을 기억하라는 응원.

한번 보자는 말로 카톡을 마무리하는 내게 친구가 마지막으로 남긴 한마디에 눈시울이 먹먹해졌어.

"야, 친구. 앞으로도 쭉 그렇게 살아. 너답게"

그래, 잊지 않을게.
이십 대 마지막 여름날에 했던 약속대로 살아갈게.
나답게. 더욱 나답게. 언제까지나.

살아갈 날을 위한 울음

오체투지라는 걸 했어. 두 다리와 두 팔, 머리를 차례대로 땅에 닿도록 절을 하며 걷는 거야. 세월호에 아직 남은 아홉 명의 실종자가 돌아오길 기원하는 행사였어.

사실 난 20여 년 전에 사고로 동생을 잃었어. 그 아이를 평생 가슴에 품고 사는 부모님을 보며 자랐지. 그래서 가족을 잃은 아픔은 잊을 수도, 잊혀지지도 않는다는 걸 누구보다 잘 알아.

조계사에서 광화문 광장까지 오체투지로 행진하는데, 벚꽃 피지 않은 이른 봄, 서울의 아스팔트 바닥이 얼마나 차갑던지. 바닷속은 몇 배는, 몇백 배는 더 춥겠지 싶더라.

행진하는 우리를 응원하는 사람들도 있었지만, 어떤 이들은 말했어.

"아직도 저걸 하네."

그들을 원망하진 않았지만, 나는 더 해야겠다고 생각했어. 모두가 매일같이 슬퍼할 수는 없겠지. 하지만 남은 가족들이 앞으로 다시 살아갈 수 있도록 누군가는 함께 힘껏 울어줘야 하지 않을까?

마지막 한 번의 절을 하며 간절히 되뇌었어.

"오늘의 이 걸음은 그저 죽은 자들을 위한 것이 아닙니다. 남은 사람들과 그들이 살아갈 날들, 우리 모두의 삶을 위한 것입니다. 우리가 살아있음이 얼마나 감사한 일인지, 안타깝게 떠난 이들을 위해서라도 우리의 하루는 얼마나 소중하게 일궈져야 하는지 깨닫기 위한 것입니다."

살아남은 우리, 무심히 지나치는 그들까지 모두가
조금 더 소중한 생을 살아갈 수 있기를 바라며.

품 안의 부모님

오늘 낮은 정말 따듯하더라. 오랜만에 광합성도 할 겸 길가는 사람들 구경도 할 겸 옥상에서 길 가는 사람들을 구경하는데, 한 어머니와 아들이 내 눈길을 잡아끌었어. 아들이 이십 대 중후반쯤이나 되었을까, 다 큰 아들이 어머니의 어깨를 감싸고서는 연인처럼 걷고 있더라. 한두 번이 아닌지 자연스럽고 편안해 보였어.

그들은 그렇게 자연스러운데, 쳐다보는 나만 어색하더라고.

우리 가족은 몸짓으로 하는 표현에 서툰 사람들이야. 쇼핑을 다녀도 팔짱은커녕 손도 잡지 못하고, 오랜만에 고향 집에 가도 할 수 있는 스킨십이라곤 어색한 악수가 전부인 그런 시골 사람들.

대학을 졸업할 때쯤엔 내가 먼저 몇 번 시도해보긴 했어. 손을 잡고 친근하게 걸어볼까, 생각해도 손이 잘 나가질 않더라. 딱 한 번 어색하게 손을 잡았다가 멋쩍은 웃음과 함께 놓아버린 날 이후로 엄마도 한동안 내 손을 잡지 않았어.

언제부턴가 내가 커가는 게 아니라 부모님이 늙어간다는 걸, 키만 작아지는 게 아니라 약한 존재가 되어간다는 걸 알았지만 여전히 어찌할 바를 모르고 그냥 시간을 흘려보내고 있었지.

그렇게 지난 설 명절, 서울로 올라올 버스에 부모님이 배웅을 오셨어. 버스 출발 시각까지 남은 10분을 버스 앞에 '차렷' 자세로 서서 드문드문 대화하며 버티고 있었어.

다가가고 싶은데, 어떻게 해야 하는지도 아는데, 또 막상 하자니 겸연쩍은 미묘한 마음으로 그냥 서있었어. 그렇게 기나긴 10분이 지나 버스에 막 오르려는 순간, 아빠는 언제나처럼 멋쩍게 웃으며 악수를 청했어. 작고 거친 손을 꼭 잡다가 나는 처음으로 먼저, 아무 이유 없이 엄마 아빠를 안아드렸어.

어색하고 낯선 느낌이지만 따듯한 느낌이더라. 부모님도 "얘가 왜 이래." 하면서도 한참을 나에게 안겨있었어. 이렇게 내 품에 폭 안길 만큼 부모님이 작았나, 믿을 수 없을 만큼 작아져 버린 엄마 아빠를 눈이 아닌 품으로 느낀 그 날, 생각했어.

마냥 어색해 하기엔 시간이 얼마 없을지도 모르겠다고,
누구보다 안기 어렵지만 누구보다 먼저 안아드려야겠다고,
이제라도 다가갈 수 있어서 다행이라고….

내일을 걱정하며
오늘 치즈버거를 먹지 마라

오늘 아침 출근길은 저승길을 가는 기분이었어. 왜냐고? 오늘은 업무가 무척 많은 날이었거든. 평소에는 하루에 열세 개 정도의 업무를 처리하는데, 이미 예정된 일만 스물한 개. 심란한 마음에 다이어리를 폈는데, 예전에 써둔 글귀가 눈에 띄었어.

"출근길에 업무량을 가늠하는 건 무의미하다. 아무리 치밀하게 예상해봤자 빗나간다."

내가 썼나 싶게 낯선 말이었지만, 곰곰이 생각해보니 맞는 것 같았어. 왜 그렇잖아. '아…, 오늘은 야근하겠지.' 하는 날은 되려 빨리 일이 끝나고, 어마어마한 사고들은 항상 '오늘은 별일 없겠지?' 하는 날 벌어지잖아.

오늘도 마찬가지였어. 그 어마어마한 스물한 개의 일은 정확히 퇴근 7분 전에 끝났어.

허탈한 마음과 함께 명상의 시간이 찾아오더라.

'나는 대체 어젯밤 왜, 하지 않아도 될 걱정을 미리 하면서, 이렇게 금방 끝날 일을 걱정하면서 치즈버거를 먹어치웠나. 왜 안 해도 될 걱정을 핑계로 내 배에 지방만 잔뜩 적립하였나….'

그런 웃픈 생각들. 그리고 깨달았어.

어떤 일도 직접 마주하기 전엔
그 깊이를 가늠할 수 없다.
굳이 미리 겁먹지 않아도 된다.

그리고 가장 중요한 깨달음은, 내일 걱정으로 오늘 치즈버거를 먹으면 안 된다는 것.

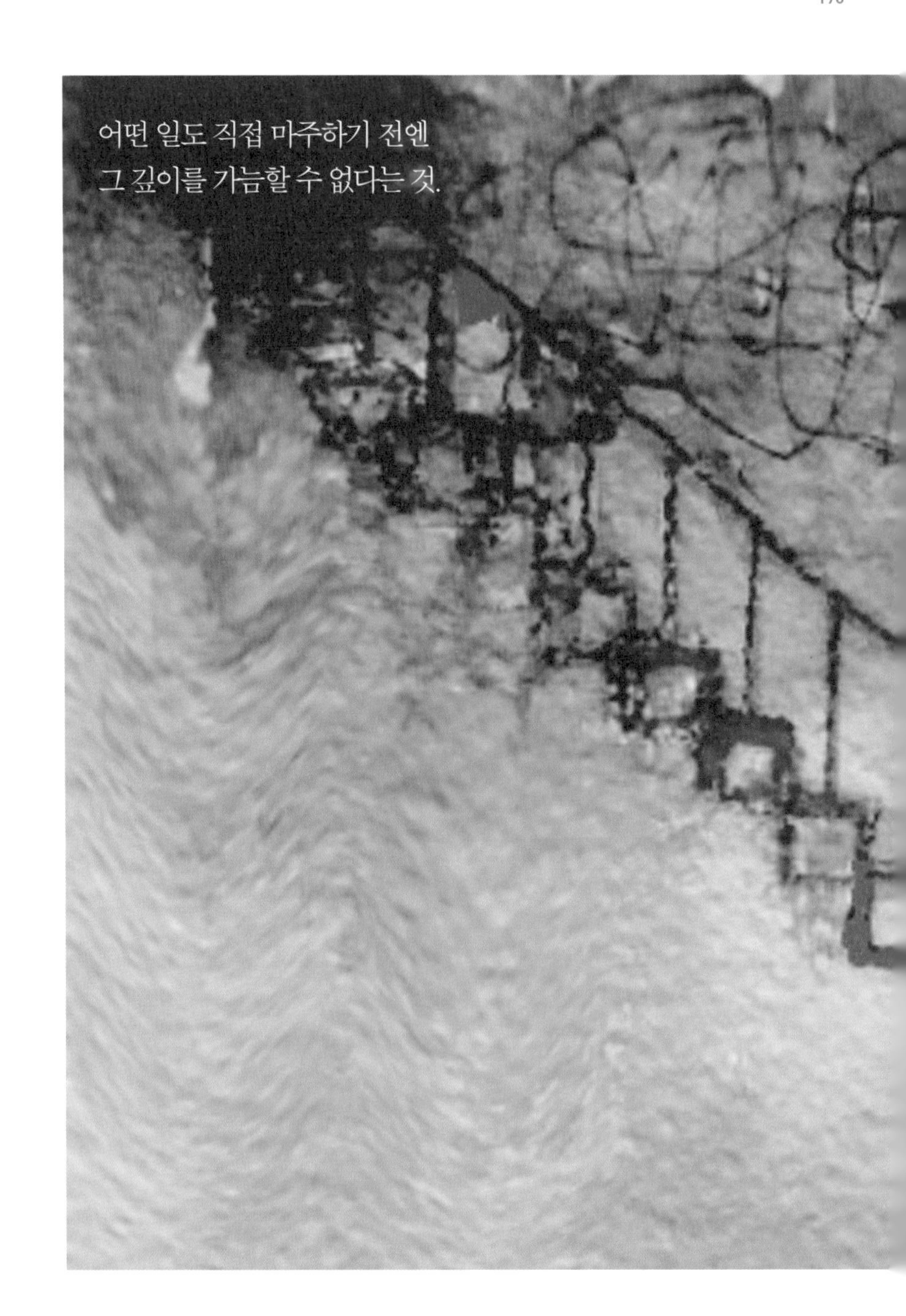
어떤 일도 직접 마주하기 전엔
그 깊이를 가늠할 수 없다는 것.

사월의 눈

내가 다니던 미대는 지대가 높고 그늘도 많았어. 특히 미대로 올라가는 돌계단은 음대 건물에 완전히 가려져서 1년 내내 볕이 안 드는 곳이었지. 그 계단에선 4월을 넘어 5월까지도 녹지 않는 강인한 생명력의 눈 뭉치들을 볼 수 있을 정도였으니까.

하지만 앞마당엔 햇볕이 사시사철 들어서 어느 곳보다 빨리 개나리, 벚꽃, 목련이 앞다투어 만개했어.

희한하지? 한쪽에선 봄을 넘어 여름의 문턱으로 가는데, 불과 300미터도 안 떨어진 곳에선 꽃은커녕 겨울의 흔적이 한데 뭉쳐있다니. 그런데 이상하게도 그렇게 버티고 있는 눈을 보면 응원하게 되더라.

'너 이 자식 힘내라! 며칠만이라도 더 버텨봐라!'

봄과 함께 있는 겨울의 흔적이 어쩐지 묘하게 풍성해 보였거든.

그 눈이 다시금 떠오른 건, 요즘 내가 사월의 눈과 같은 시간을 보내고 있어서일 거야.

이십 대에 마음에 생겼던 이런저런 상처들이 서른을 훌쩍 넘긴 지금까지도 남아서 가끔 날 아프게 하더라. 금세 사라질 줄 알았던 생생한 차가움이 몇 년이 지나도 남아있더라.

불과 열 걸음 곁의 저 마당에서는 꽃이 피고 지는데, 나는 아직 음지에 웅크린 채 내 인생의 겨울, 그 흔적들을 아직도 바라보고 있어.

하지만 외면하지 않을 거야.
그것도 내 삶이니까. 내 인생의 흔적이니까.
어쩌면 그 흔적들이 내 삶을 더
풍성하게 할지도 모르니까.

나는 최선을 다해 달렸어. 근데 여긴 어디지?

얼마 전, 후배들 앞에서 취업 특강을 했어. 사실 썩 내키지 않았어. 예술가로 살고 싶었던 아이들 앞에서 취업을 말해야 한다는 거. 예술을 전공한 내가 취업을 한 게 마치 성공인 양, 노하우를 알려준다는 게 이상했거든.

그냥 내가 열심히 살아온 그 순간을 말해주면 된다고 교수님은 말했지만, 그건 더 부끄럽더라. 누구보다 열심히 달렸던 대학 생활의 원동력은 무언가가 '좋아서'가 아니라 '싫어서'였기 때문이야. 자존심 상하기 싫어서 삼수까지 했고 그래픽 프로그램을 다루기 싫어서 공예를 했고 공예가로 살긴 또 싫어서 취업을 했지. 모든 과정이 분명 성공으로 끝났지만 내 마음은 항상 즐겁지 않았어.

'자, 이제 다음 미션은 뭐지? 승진인가?' 이런 마음이었달까. 그 모든 순간은 그저, 도망치는 거였어. 나를 둘러싼 모든 싫은 것들로부터 한시라도 빨리 떨어지려고 미친 듯이 뛰쳐나가는 것. 그것을 사람들은 '열정'이라고 말했어.

가기 싫은 길을 피해서 갔는데 얼마 못 가 그곳마저 또 싫어져서 제3의 길을 찾아 내달리는 도망자의 발걸음. 그렇게 끊임없이 뛰며, 닳아 빠진 운동화만큼이나 너덜너덜해진 자존감을 애써 숨기며 열심히 살아왔다고 자위하고 싶지 않았어.

그래서 필기구와 노트를 잔뜩 가져온 후배들 앞에서 나는, 자기소개서를 쓰는 법 대신, 누구나 부러워하는 대기업에 가는 법 대신, 그저 내가 도망쳐온 것들, 도망을 열정이라 착각하고 내달렸던 이십 대의 순간들을 나지막이 회고했어.

대단한 비법을 기대했을 아이들의 눈길에 실망이 서렸지만, 메일 주소를 적어주는 것밖에 할 수 있는 게 없었어. 그들도 나처럼 뜀박질을 하다가 멈칫, 서버릴 어느 날, 그 옛날 이상한 선배의 실패담이 떠오르며 이건 아니라고 생각된다면 그때도 나는 그들에게 꼭 한번 힘주어 말해줄 거야.

"당장은 보이지 않아도
'도망'이 아닌 '길'을 가자.
땀 흘리며 뛰는 것만이 전부가 아니야.
잊지마. 내 길을 알고 천천히 걷는 한 걸음이
두려움 속에 달리는 열 걸음보다
훨씬 크고 넓은 한 걸음이야."

어느새
그리움으로 남기 전에

벚꽃 핀 거, 봤어?

가만히 보고 있다가, 나도 모르게 탄성이 나오더라. 재작년 이맘때, 백수 생활을 하던 때엔 집 근처 도림천에서 몇 시간이고 자전거를 타곤 했어. 봄기운이 물씬 풍기던 그 희고 붉은 벚꽃들을 보면서 말이야.

미래가 보이지 않는 우울한 날들 속에서도 꽃은 어찌나 예쁘던지.

꽃은 그렇게 항상 예뻤어.

대학에 입학해서 어설프게 멋을 부리며 걷던 때에도, 너무나 좋아했던 그 애가 떠나가서 울며불며 다시는 사랑 못 할 거라는 바보 같은 소리를 해대던 때에도….

어떤 날에도 어떤 기분에도,
오르락내리락 난장판인 삶의 그래프 안에서도
항상 그 자리에 그렇게, 예쁘게 핀 꽃.

꽃이 지면 아쉽긴 해도 내년에 또 필 꽃이니까 슬프지는 않았는데, 어느 날, 이웃집 할아버지가 내게 이런 말씀을 하시더라.

"앞으로 몇 번 더 저 꽃을 보겠누."

그 말이 서글퍼서, 괜히 콧날이 시큰거렸어. 아직은 꽃을 볼 날이 훨씬 더 많은 나이지만 언젠가는 나에게도 그렇지 않은 순간이 올 테니까. 그래서 요즘은 말이야. 벚꽃을 보면 작은 소망을 빌곤 해.

황혼의 나이가 되어도 몇 번 더 볼까 하는 한숨 대신에
그냥 '예쁘다, 예쁘다, 참 예쁘다.'라고 생각하는,
지나버린 시간과 세월에
미련 두지 않는 사람이 되게 해달라고.

그래서 오늘, 지금 이 순간의 꽃부터 더욱 힘차게 즐겨보려고.
지나간 꽃이 되어 어느새 그리움으로 남기 전에.

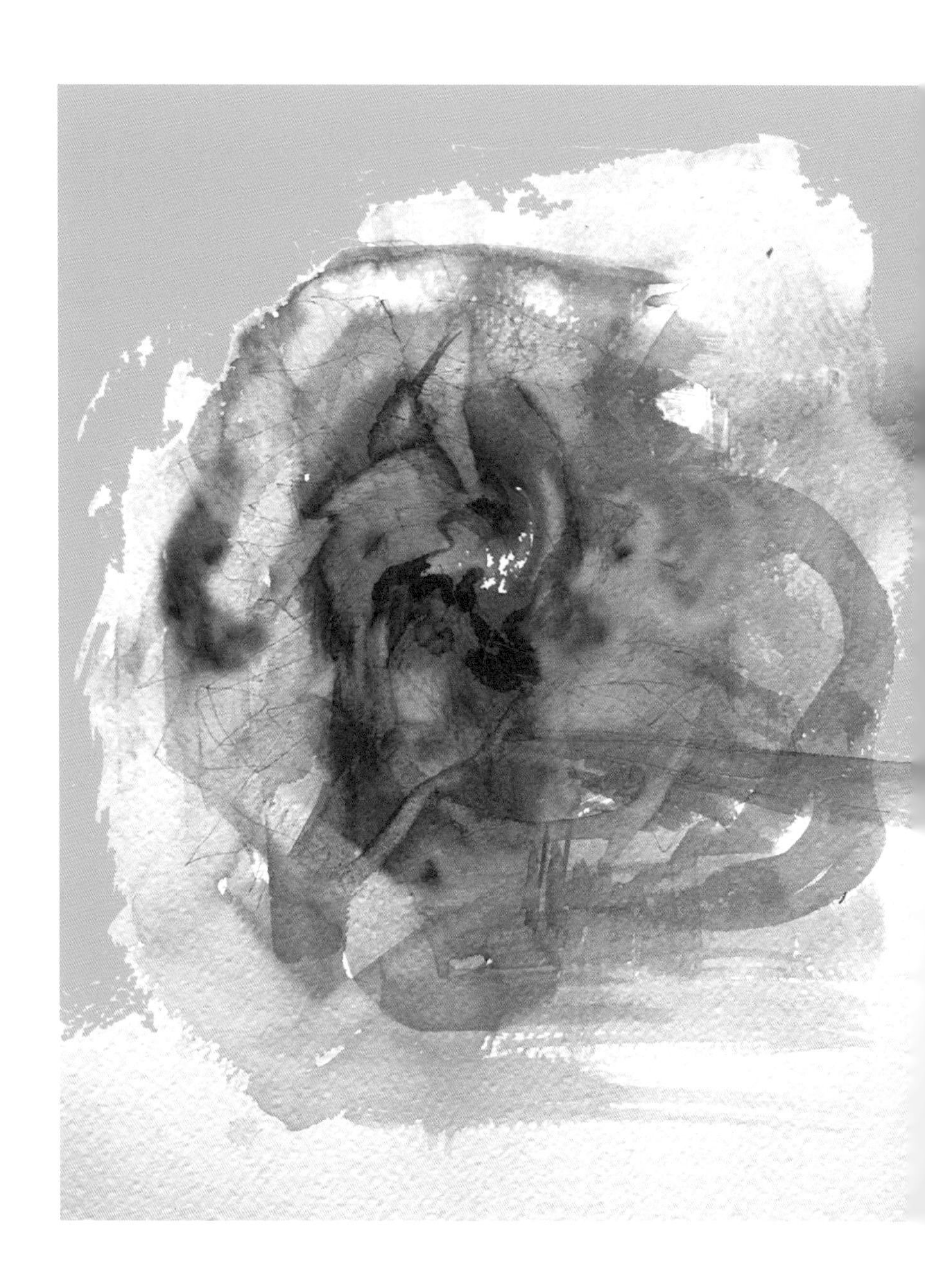

우리는 서로의 파편을 볼 뿐이야

오늘 하루 월차를 내고 쉬었어. 한껏 잠을 자고 눈을 뜨니 오후 세 시. 아! 정말 나다운 시간이다 싶었어. 잠이 정말 많거든. 하루 열 시간은 기본이고 아무 약속도 없는 날에는 열다섯 시간, 열여섯 시간도 당연하다는 듯이 잠을 자.

나를 잘 모르는 사람들은 깜짝 놀라지. 직장도 다니고 이렇게 글도 쓰고 라디오 DJ도 하고 상담도 하니까 당연히 부지런한 사람이라고 생각할밖에.

하지만 학교나 직장에서 나와 '생활'을 함께해본 사람들은 알지. 그들에게 "나 게으른 거 같아."라고 말하면 곧바로 답이 돌아와.

"맞아! 넌 좀 심해."
"너는 아마 전생에 동물이었을 거야."
"넌 바빠야 해. 그냥 놔두면 잠만 잘 거야."

내가 보는 나의 모습은 두 가지야. 나무늘보와 회색. 일상적인 면에서는 게으른 나무늘보이고, 감성적인 면에서는 회색이거든.

사람의 '정서'를 아는 것과 '일상'을 아는 건, 정말 다른 거 같아. 아무리 친해도 멀리 있으면 '일상의 습관'을 알긴 어렵듯, 매일 함께 있어도 친하지 않으면 내 마음속의 감정들, 생각의 결들을 읽지는 못해. 그러니 누군가에게 난 정말 열심히 사는 사람이기도 하고 다른 누군가에겐 나무늘보이기도 한 거야.

나를 바라보는 사람의 수만큼 내 모습도 많아지겠지. 모두가 나의 모습이지만 그 무엇도 '온전한 나'는 아닌 모습. 누군가를 다 안다는 말은 참 오만한 말일지도 모르겠어.

가끔 이럴 때 있잖아. 나는 진심으로 대했는데 사람들이 나를 받아들이지 않는다거나, 나는 그런 사람이 아닌데 사람들이 날 오해한다거나.

그건 당연한 걸지도 몰라. 내 눈 속에 비친 그의 모습은 그저 내 세계 안에서 존재하는 작은 파편일 뿐 그의 본질이 아니듯, 그의 마음에 담긴 나 역시 조각일 뿐이야.

그러니까 우리 상처받지 말자.
서로가 서로의 작은 흔적을 보는 것, 그뿐이니까.

그때쯤, 다시 사랑할 수 있을까

지난 주말엔 템플스테이를 다녀왔어. 이십 대 몇 명과 1박 2일간 상담하며 마음을 쉬는 시간을 가졌어. 절도 하고, 속마음도 이야기하고, 연꽃도 만들었지. 종이 연꽃을 예쁘게 만들면 소원이 이뤄진다나.

유독 한 아이가 너무 열심히 만들더라. 한참을 바라만 보다가 다도 시간에 조용히 물었어. 무얼 그렇게도 열심히 기도하느냐고. 한참을 머뭇거리던 그 애는 나를 앞마당으로 따로 불러내더니 말했어.

"5년을 사귀다 서로의 꿈 때문에 헤어진, 정말 좋아하던 남자친구가 있었어요. 그런데 얼마 전에 뺑소니 사고로 죽었어요. 아무리 잊으려고 노력해도 잊혀지지가 않아요. 한 번만 더 보고 싶기도 하고, 얼른 잊고 싶기도 하고…. 마음이 복잡해요. 이제 다시는 사랑을 못 할 거 같아요."

한동안 아무 말도 할 수 없었어. 내게도 그런 기억이 있으니까.

10년 전, 나를 좋아한다고 고백했던 친구가 있었어. 나에게 거절을 당한 그 아이는 얼마 후에 운동화 끈으로 목을 매고 세상을 떠났어. 그때의 나도, 그 애의 영정 앞에서 다시는 사랑 못 할 거 같다고 생각했어.

한참을 말없이 앉아있다가, 그 애도 나도 하늘을 올려다봤어. 마침 그날은 죽은 이의 혼을 위로하는 백중날이라 절 마당엔 혼령들을 위한 새하얀 등이 수놓아져 있었어.

그 흰 물결을 물끄러미 바라보며 우리는 함께 음악을 들었어. 간절히 그리워하면 언젠가는 만날 수 있다는 노랫말을, 둘이서 한참을 듣고 또 들으며, 위로인지 독백인지 모를 말을 꺼냈어.

"지금은 잊혀지지 않겠지만, 언젠가는 소매에 밴 절간의 향냄새처럼 그리움이 옅게 스미는 때가 오게 될 거야. 그건 절대 그를 잊는 게 아니야, 또 다른 의미로 내 곁에 잔잔히 새기는 거야. 그리고 아마, 그때쯤엔 우리도 다시 사랑을 할 수 있을 거야. 반드시."

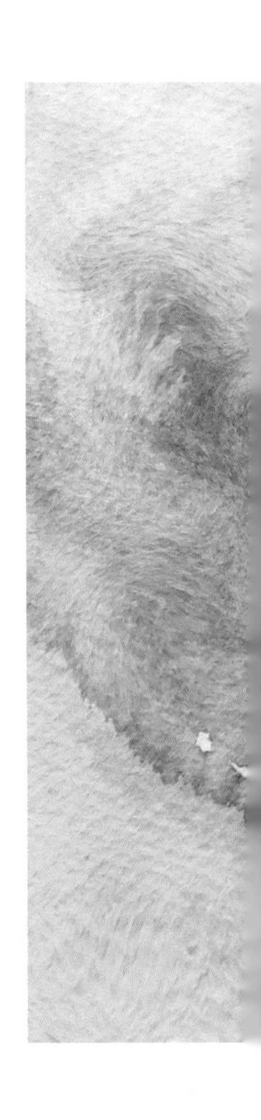

우리는 생각보다 금방 세상을 떠난다

오늘은 누군가를 무척 미워하며 화가 잔뜩 난 채로 하루를 보냈어. 돌이켜보면, 지난 시절의 나는 이별 앞에서 항상 슬픔보다 분노가 앞서곤 했어. 나를 비참해지게 한 너를 반드시 후회하게 하리라는 생각으로 가득했지.

그런 헛된 분노들로 가득 찬 이십 대의 나를 다시 만난다면, 나에게 어떤 말을 해 줄 수 있을까. 부끄러워 숨고 싶은 마음이 한가득 이겠지만, 이 말을 꼭 해주고 싶어.

"인생은 참 짧은데 우리는 너무 많은 감정을 움켜쥐고 살아. 가족, 꿈, 일상을 온전히 사랑하는 것만으로도 벅찰 텐데, 누군갈 미워하고 분노하는 마음까지 담기엔 공간이 한없이 좁더라. 미움과 상처에 부대껴서 지나고 보면 자신에게 측은함만 남는 그런 이십 대를 보내지 마. 그리고 잊지 마."

그리고 우린,
생각보다 금방 세상을 떠난다는 걸….

엄마를 미워할 수 없었던 건

어젯밤엔 정말 비가 어마어마하게 내렸어. 전철을 탈 땐 찔끔찔끔 왔는데, 역에서 나오자마자 아주 쏟아붓더라.

어제처럼 폭우가 오는 날이면 나는 늘 어린 시절 생각이 나. 하교 시간에 예상치 못한 비가 내리면 엄마들이 삼삼오오 우산을 들고 학교 앞으로 모이곤 했어. 난 항상 교실 창가에서 그 모습을 구경하곤 했지. 비가 그칠 때까지 기다려야 했어.

우리 엄만 한 번도 오지 않았거든.

근데, 친구들은 다 저렇게 엄마가 오는데, 우리 엄마는 왜 안 올까? 그런 생각을 해본 적이 없었어. 지금 생각해도 놀라운 일이지. 성인이 된 어느 날, 동생도 그런 얘길 하더라고.

"돌이켜보면 섭섭했을 법도 한데, 이상하게도 아무 생각이 안 들었어. '우리 엄만 원래 그래.' 했다니까."

뭘까, 그 마음은…. 원망도, 자포자기도 분명 아니었는데 말이야. 형제자매 중 누구에게도 우산을 가져다주지 않았던 엄마. 다른 친구들은 우산 속 엄마와 수다 떨며 가는데 가방을 머리에 올리고 비를 피하며 뛰어갔던 우리. 그럼에도 엄마에게 조금도 섭섭하지 않았던 그 마음.

그건 '믿음'이 아니었나 싶어. 우산을 가져다주지 않는 게 아니라 가져다주지 못하는 것이라는 믿음. 우리는 충분히 사랑받고 있다는 믿음.

집에 도착하면 현관 앞엔 항상 수건이 가지런히 놓여 있었고, 언제나처럼 엄마는 부엌에서 만둣국을 끓이고 있었어. 우린 그렇게 다른 형태의 사랑을 어렴풋이 느끼고 있었나 봐. 비가 오면 밖에 다닐 수 없을 정도로 엄마가 아팠다는 걸 10년이 훌쩍 지난 뒤에야 알게 되었지만 말이야.

그때의 기억 때문일까. 이제는 알아.

누군가 나를 섭섭하게 해도,
내 마음처럼 움직여주지 않아도
그들이 날 사랑하고 있다면
조금 다른 표현마저도
담담히 받아들일 수 있음을.
그래도, 그것은 사랑임을.

풋사랑은 멀어져갈수록 영롱하게 빛난다

너, 너만의 '인생 영화' 있니? 나는 〈비포 선라이즈〉가 인생 영화야. 유럽횡단 열차 안에서 만난 스물세 살의 주인공 남녀가 잠시 비엔나에 내려서 해 질 무렵부터 동이 트기 전까지 하루가 채 안 되는 시간 동안 사랑을 느끼는 로맨스 영화야.

스물네 살에 처음 이 영화를 봤을 때는 '내게도 저런 사랑이 올까…, 저게 정말 사랑이지.' 생각하며, 방학마다 기차여행을 가기도 했어. 물론 그런 만남은 한 번도 없었지만.

영화는 영화인 거겠지 싶을 때쯤, 후속작 〈비포 선셋〉 DVD를 발견했어. 서른두 살이 된 주인공들이 파리에서 우연히 만나는 내용이야. 영화는 많은 것이 달라져 있었어. 늙어버린 에단 호크의 외모보다 더 놀란 건, 그들이 1분마다 한 번씩 뱉는 단어였어. 바로 '섹스'

아무렇지 않게 웃으며 섹스를 논하는 모습에 이십 대 후반에 갓 접어든, 여전히 소녀 감성이었던 내 가슴은 와장창 무너졌지.

그 후로 6년, 서른이 넘어 다시 그 영화를 봤을 때 알았어. 그저 지극히 일상적인 대화였다는 걸.

섹스가 일상의 단어가 되고 사랑이 무지갯빛이 아니란 걸 알 때쯤, 마흔한 살의 중년 부부가 된 그들의 이야기, 〈비포 미드나잇〉이 개봉했어.

아직은 스크린 속 그들의 모습을 전부 공감할 순 없지만, 나 또한 저렇게 늙어가겠구나, 그들 얼굴에 자연스레 패인 주름만큼이나 당연한 일이겠구나, 생각했어.

하지만 말이야. 낭만이 사라지고 섹스를 아무렇지 않게 말하는 나이가 되었어도 가끔은 〈비포 선라이즈〉를 돌려보며 단 하루 만에 영원한 사랑에 빠질 수 있다고 믿었던 어린 시절, 그때 그 감성으로 잠시 여행을 떠나곤 해.

청춘도, 풋사랑도
멀어져갈수록 더 영롱하게 빛나는 거니까.

아픔을 참으면 청춘이 될까

올여름에 친구들하고 마라톤 대회를 나가기로 했어. 어젯밤엔 연습도 할 겸 한 시간을 뛰겠다며 런닝머신에 올랐어. 뛰기 시작한 지 40분이나 되었을까. 숨이 막혀오는 걸 넘어서 가슴 아래쪽이 쿡쿡 쑤시더라. 여기서 멈추면 안 된다고, 원래 이러면서 실력이 느는 거라고 생각하며 한 시간을 힘들게 채웠어.

결국, 오늘 월차를 내고 병원 신세를 지고 있어. 가슴이 쿡쿡 쑤셔왔던 게 잠시만 멈추어달란 신호였을 텐데 나는 이겨내야 할 난관으로만 봤었나 봐.

병원 침상에 누워서 생각했어.

'몸의 통증을 참아내야 더 멋진 몸매가 되든, 실력이 나아지든 한대서 참았는데 어제의 통증은 그게 아니었구나. 통증도 다 다른 의미를 내포한다는 걸, 난 왜 몰랐던 걸까.'

우리는 어쩌면 살아가면서 겪는 모든 일상의 통증들을 넘어야 할 산으로만 보고 있는 건 아닐까? 참아봐도, 버텨봐도 아픔이 나아지지 않을 때 그래도 '청춘'이니까 무작정 참으며 달리고 있다면 우리, 잠깐 멈춰서 아픔을 들여다봐야 하지 않을까?

아픔이 날 성장시킨다고,
아프니까 청춘이라고 말하는 '남의 말' 말고
아픔 곁에 실려 온 내 목소리에 귀 기울이는 것.
우리에게 필요했던 건 그것 아니었을까?

우리에게 필요했던 건
그것 아니었을까.

그들의 몫까지 울어주는 이유

직장인이었던 이십 대 때와 시민활동가가 된 삼십 대의 지금, 가장 달라진 것 중 하나는 신문을 본다는 거야.

이십 대의 난, 바깥세상엔 완전히 관심을 끊은 사람이었어. 내 급여, 내 외모, 내 실적, 내 인사평가에는 누구보다 민감했고, 그 부분이 부당하면 불같은 분노를 숨기지 못했지만, 남에겐 관심이 없었지. 정확히 말하면 '모르는 사람들의 삶'엔 관심 없었어.

나이가 들어갈수록 뉴스나 신문을 더 안 보게 됐어. '이놈의 나라가 문제야!'라며 공허한 메아리만 외치는 어른들을 나도 닮게 될까 봐 무서웠거든.

그래서 시민단체에서 일하기 시작했을 땐 적잖이 당황했어. 분명 '청년' 문제에 관심이 있어서 들어왔는데, 한동안 다녔던 '외근'은 이런 것들이었지 뭐야.

'국가 정책을 바로잡는 성명서 발표'
'건강한 남북통일을 위한 100인 간담회'
'재보궐 선거 참여를 위한 거리 행진'

지금은 일상적인 시민단체 활동으로 생각하지만 처음엔 무서웠어. 길거리에 사람들만 모여있어도 시위대라며 겁먹던 나로서는 당연했지. '이렇게 다니다가 뉴스에라도 나오면 어디 잡혀가는 건 아닐까?' 하는 공포심이 들 수밖에 없었어.

시간은 어느덧 흘러 2년째, 환경이 사람을 만드는 건지 변하지 않을 것 같던 내가 남의 일에 눈물이 핑 도는 날이 오더라. 송파구 세 모녀 자살 사건, 기억나니? 육십 대 할머니가 식당에서 번 돈으로 병이 있는 삼십 대 두 딸과 함께 근근이 살다가 생활고를 이기지 못하고 세상을 등져버렸던 사건. 마지막 집세와 공과금을 남기고 떠나서 더욱 마음 아팠던….

날 울린 건 세 모녀가 죽기 전까지 10년 넘게 몇십 원까지 빠트리지 않고 빼곡히 써온 가계부였어.

'매일같이 식빵, 라면, 오뎅을 먹으며 연명하던 그들이 세상을 떠나기 5일 전에 먹었던 19,000원짜리 족발은 어떤 의미였을까. 어떤 특별한 날이었길래….'

모니터를 보며 한참을 생각하다 나도 모르게 눈물이 그렁그렁 맺히더라. 그런 내게 동료가 다가와 말했어.

"그래, 너도 이제 시민활동가 다 됐구나. 시민활동가라는 게 별거 아냐. 모든 사람이 세상일에 매일매일 화내고, 울고, 행동할 수 없으니까, 다른 사람들의 몫까지 눈물 흘리는 게 우리 역할인 거야."

누군가 나에게 왜 이런 일을 하느냐고 물으면 그냥 좋은 사회를 만들려고 한다며 얼버무리던 나에게 무심하게 던진 동료의 그 말이 들어왔어.

이제는 어렴풋이 알 것 같아. 나의 일이 무엇인지.

세상의 아프고 슬픈 일들을 피하지 않고 마주하여
그런 일들이 다시 일어나지 않도록 행동하고
다른 사람들의 몫까지 대신하여 울어주는 것.
그저 함께, 울어주는 것.

사표일까
출사표일까

주말 동안 쌓인 상담 메일을 봤어. 일요일 밤이라서 그런가, 회사를 그만두고 싶다는 이야기가 많았어. 사표란 게 뭐길래 이렇게 많은 이를 고뇌하게 하나 싶더라고.

너도 요즘 항상 그런다고? 내가 어떤 답을 줄 거 같아? 혹시나 이런 말을 기대하고 있니?

'세상을 향해 달려! 용기를 내! 자유롭게 하고 싶은 일을 해!'

아니? 전혀! 그런 말을 하진 않을 거야.

사표를 쓴다는 것은 과연 무슨 의미일까. 다른 직업이나 직장을 찾기 위해 회사를 그만두는 걸까?

아니야, 내가 사표를 내고 프리랜서 생활을 하는 짧은 기간 동안 느낀 건 온몸으로 세상의 문제들과 '직접' 부딪히기 시작해야 한다는 뜻이더라. 방향을 직접, 자유롭게 정할 수 있는 대신에 그 이후의 모든 문제를 맨몸으로 고스란히 겪어야 한다는 뜻이랄까.

그만두지 말라는 건 아니야. 다만 이렇게 한번 바꿔 생각해보길 바라. 사표는 회사를 그만둔다는 사직서가 아니라, 세상에 나설 준비가 되었다는 출사표라고 말이야.

사표를 가슴에 품은 너에게 다시 한 번 물어볼게.

네가 던질 그 사표는 부장을 향한 사표니?
세상을 향한 출사표니?

나의 숨통이 되어줘

이번 한 주는 어땠어? 언제나처럼 월요일에 눈 감았다가 떠보니 금요일 밤이네. 뭐했는지 기억이 안 날 정도라니까. 다이어리에 벌써 까마득하게 돼버린 지난 일정들, 다음 주, 다음다음 주까지 꽉 차있는 앞으로의 미팅들을 보며 생각했어.

'이거…, 대기업 있을 때보다 더한데?'

근데 말이야, 악명 높았던 예전 직장보다도 훨씬 바쁘게 사는데, '죽겠다.'라는 말을 하지 않는 요즘이 참 신기하더라. 왜일까, 곰곰이 생각해봤어.

뭐였을 거 같아? 하고 싶은 일을 해서 그런 거 아니냐고? 에이. 삐딱한 내 성격에 그런 모범 답안일 리가 있겠어? 한참을 헤매다 어렴풋이 떠오른 단어는 '숨통'이었어.

숨통.

'숨통'일지도 모르겠어.
내가 달릴 수 있었던 이유는.

월급을 받고 사는 사람이라면 누구나 느릿느릿 시골 마을 산책하듯 여유롭게 살 수는 없을 거야. 모두들 경주마처럼 그렇게 달리는데도, 누군가는 녹다운되고 누군가는 살아가잖아.

그 차이를 결정하는 건, 어쩌면 '숨통'일지도 모르겠어. 일상 속의 작은 숨구멍. 미친 듯이 달리다가 몇 분, 몇 초 짧게 숨을 고르는 순간들.

예전에는 없었던 숨통이 생겨난 건 아마도 지금처럼 이렇게 짧은 대화를 나눌 수 있어서인가 봐. 고단한 하루의 끝에 무거워진 마음들을 서툴게 담아낸 이런 끄적임을 읽어주고, 공감해주는 누군가가 있다는 것. 하루를 온전히 매듭짓고 잠들 수 있다는 것. 그것이 내겐 얼마나 큰 숨통인지 몰라.

그래서 오늘은 너에게 감사를 전하고 싶어.

고마워, 내 삶의 숨통이 되어줘서.
너에게도 내가 작은 숨통이 되어주기를 바랄게.

에필로그

다시, 동네 한 바퀴

마지막 편지를 쓰고, 어쩐지 기분이 묘했어. 뭐랄까, 졸업식 기분 같기도 하고, 휴학 같기도 한 기분. 그래서 오늘, 동네 구석구석을 돌아다녔어. 너에게 들려준 이야기, 그 흔적들을 다시 만나고 싶어서.

헬스장

오늘 마지막 운동을 갔어. 곧 문을 닫는다더라. 건물이 낙후돼서 반 년 이상 공사를 할 거래. 떠나갔던 데스크 언니도 잠깐 들렀어. 이젠 제법 화가 태가 나더군. 23년간 쉬지 않고 헬스장을 지켜온 사장님은 당분간 여행을 떠날 거래. 여행을 떠나기엔 오늘이 가장 젊은 날이니까, 기쁘게 떠나실 거라나.

이별했던 벤치

이별했던 날 앉았던 집 앞 벤치. 아직도 그곳에서 나누던 이야기들, 추억들, 눈빛들이 생생히 기억나. 마치 어제 일처럼 말이야. 그런데 아프지도, 슬프지도 않아. 그냥 어린 시절 사진을 들춰볼 때처럼 빙그레 미소가 지어지더라. 내가 선택한 그 시간 속에서만큼은 나, 충분히 행복했으니까.

오니기리집

퇴직하고 새로운 시작을 했던 두 부부 사장님의 오니기리집은 지나갈 때마다 손님의 수를 세어보곤 하는데 소소하게 그럭저럭 잘되고 있어. 지금껏 살아온 그 모습대로, 성실하게 나날이 일취월장하고 계셔. 입소문도 제법 타고 말이야. 아마도 꽤 오랫동안 걱정 없을 것 같아.

동네 언덕

자전거를 타고 오르면 마지막 한 발이 그렇게나 힘들었던 동네 언덕. 지금은 담배를 끊어서인지 예전보다 확실히 수월해졌어. 언젠간 꼭 한 번에 오르고 말 거야. 아직은 힘들지만.

용산역

네게 보낸 편지의 시작이었던 그곳, 용산역엔 요즘도 가끔 찾아가. 답답하거나 할 일 없는 휴일에 여전히 무계획으로 훌쩍 떠나곤 하지. 우연히 맞닥뜨릴 풍경을 찾아서. 용산역 앞에 한참을 서있다가 첫 편지의 그날처럼 무작정 표를 끊고 열차에 몸을 실으며 생각했어.

'그날 밤 열차 속의 나는 상상이나 했을까? 불안과 상처를 마주하기 위해 끄적이던 혼잣말 같은 편지를 나눌 순간이 올 거라고.'

어쩌면 오늘의 너도, 그날의 나처럼 흔들리는 여정 속을 걷고 있겠지만, 그래도 울지 않고 오늘을 살아내었으면 해.

울음을 참다 참다
그래도 터져 나오는 눈물을 막을 수 없을 때면,
내가 너에게 그랬듯, 너도 나에게 편지를 써줘.
오래지 않은 어느 밤,
다시 나의 작은 편지를 너에게 부칠 테니.

고마워, 언제나.
그리고 수고했어, 오늘도.

단잠, Acrylic and Oil Pastel on Canvas, 60.6×49.5cm, 2015

자유로운 접촉 × 소윤정

나의 작업은 주로 일상에서 느낀 강렬한 감정 혹은 기분 좋은 감정으로부터 시작된다. 그러한 감동이나 감정을 화폭에 담아 기록하는 것이다.

우중충한 마음에 하늘을 올려다봤을 때 보이는 청명하고 높은 하늘, 길모퉁이 돌 틈 사이로 작지만 힘차게 피어오른 새싹, 어두운 가운데 아주 밝고 따뜻하게 느껴졌던 빛줄기, 녹이 슨 문에 남은 익숙하고 정겨운 감성…, 그런 것들이 나에게 기분 좋은 에너지를 준다. 아마 나뿐만 아니라, 누구나 느끼는 감정일 수 있다. 메마른 일상에 활력소처럼.

우리가 가진 감각, 감정은 확실한 이미지, 정형화된 글에서는 자유롭지 못하다. 내가 느낀 순간의 감정이나 감동은 확실하고 명료해질수록 그 느낌을 깨는 것만 같다. 오히려 모호함, 흐릿함이 내 기억 속에서는 더욱 분명한 느낌으로 자리 잡는다.

– 작가 노트 중에서

2015년 8월 4일부터 8월 10일까지 사이아트스페이스에서 열린 소윤정 작가 개인전 「자유로운 접촉」 전시 작품 일부입니다.

산책 I , Acrylic and Gel Medium on Canvas, 33.4×24.2cm, 2014

산책II, Acrylic and Oil Pastel on Canvas, 22×27.3cm, 2015

반영, Mixed media on Canvas, 53×45.0cm, 2015

정원, Mixed media on Canvas, 60.6×50.5cm, 2015